유럽의 고향,

시칠리아

이병승 지음

Palermo
Segesta
Marsala
Sciacca
Agrigento

Savoca
Forza d'Agrò
Taormina
Etna
Piazza Armerina
Siracusa
Ortigia
Noto

Prologue

Chapter 1.
시간의 문을 열다

Chapter 2.
예술과 문명의 층위를 걷다

Chapter 3.

그리스·로마 유적과의 대화

Chapter 4.

역사의 변곡점 앞에서

Epilogue

Prologue

2700년
유럽의 서사를 체험하려면,
시칠리아로 가라!

고대 그리스의 역사를 제대로 이해하려면, 시칠리아로 가라.
If you want to understand ancient Greece, come to Sicily.

더글라스 슬라덴
Douglas Sladen

그동안 내가 알고 있던 시칠리아는 포에니 전쟁의 무대이자 마피아의 고향이며, 영화 『대부』와 『시네마 천국』의 배경 정도였다. 그러나 이번 여행을 마칠 무렵, 그 얕은 인식은 완전히 바뀌어 있었다. 시칠리아는 역사와 인문, 영화와 음악, 와인과 휴양이 차례로 각기 다른 결을 이루며 펼쳐지는 곳이자, 풍부한 스토리텔링을 지닌 섬이었다.

고대 그리스인들이 본토를 넘어 지중해와 흑해에 도시국가를 세우며 세력을 넓혀갔다는 사실은 알고 있었다. 그러나 기원전 8세기경 본토에서 이주해 온 그리스인들이 시칠리아 곳곳에 세운 폴리스가 바로 그 확장의 중심지였다는 점은 여기에 와서야 비로소 깨달았다. 시칠리아에 세워진 도시국가들은 본토와 대등한 세력으로 성장하며, 지중해 세계의 또 하나의 문명 축을 이루었다.

새로운 발견은 여기서 끝나지 않았다. 유럽 대륙은 수천 년 동안 끊이지 않았던 침략과 정복 속에서 수없이 주인이 바뀌어 왔고, 배경을 모르면 남아 있는 유적만으로 그들의 역사와 문화를 읽어 내기가 쉽지 않다. 그리스와 로마 문명이 지중해를 중심으로 전개된 탓에, 알프스 북쪽 지역에는 고대 유적의 연속성이 상대적으로 약하고 중세 이후의 흔적이 더 두드러지게 남아 있는 경우가 많다. 반면 그리스 본토는 비잔틴 전통과 오스만 지배를 거치며 서유럽의 고딕 같은 중세 건축이 주류로 뿌리내리기 어려운 역사적 조건에 놓여 있었다.

그러나 시칠리아는 다르다. 이 섬에는 고대 그리스부터 중세, 그리고 이탈리아 통일까지 유럽의 주요 왕조와 제국이 스쳐간 역사가 한눈에 집약되어 있다. 여행 문학가 더글라스 슬라덴이 '고대 그리스를 이해하려면 시칠리아로 가라'고 말한 것도 이 때문이다. 수많은 외세의 침략을 겪은 시칠리아는 그 굴곡진 역사의 흔적을 유적 속에 고스란히 간직하고 있었다. 지배자가 바뀔 때마다 기존 유적을 허물기보다는, 그 위에 증축하고 개축하며 새로운 신을 모셔왔기 때문이다. 퇴적층처럼 겹겹이 쌓인 시간의 흔적은 건축물에 또렷이 남아, 이 섬 전체를 2,700년에 걸친 유럽 문명의 유산이 펼쳐진 거대한 야외 박물관으로 만들고 있었다.

그렇다고 시칠리아가 단지 역사와 인문에 대한 스토리텔링만 간직한 섬은 아니다. 눈부신 햇살 아래 에메랄드빛 바다와 아름다운 자연을 품은 천상의 휴양지이자, 영화와 와인의 향기가 가득한 예술과 감성의 섬이기도 하다. 타오르미나의 움베르토 거리를 따라 늘어선 상점과 레스토랑, 그 위로 흐드러지게 피어난 부겐빌레아, 해 질 무렵의 황홀한 노을과 올리브나무로 그늘진 호텔 정원에서의 조용한 휴식, 그리고 눈이 시리도록 파란 하늘과 맞닿은 지중해 풍경 속에서의 골프 라운딩까지. 나는 시칠리아의 자연과 교감하며 완전한 자유를 느꼈다.

영화를 사랑하는 이는 사보카의 바 비텔리에서 그라니타를 먹으며 마이클 콜레오네와 아폴로니아를 떠올리고, 팔라초 아드리아노의 성당 앞에서는 찢어진 스크린 대신 교회 벽에 영화를 투사하던 토토와 알프레도를 만난다. 이곳에서는 현실이 영화와 자연스럽게 포개지며, 마치 시간의 경계가 풀려버린 듯 그들을 다시 마주하는 기분이 든다. 와인을 좋아하는 이는 에트나 화산 자락에 펼쳐진 포도밭 앞에서 지중해의 바람과 화산토가 길러낸 와인을 마시며 온전한 평온에 잠길 것이다. 따스한 햇살 아래 마시는 달콤한 마르살라 한 잔은 행복을 조용히 깨우며 마음속 깊은 곳까지 은은히 스며들 것이다.

또 다른 누군가에게는 전혀 다른 장소와 순간이 인생의 감동으로 남을 것이다. 자연의 풍광이든 고대 문명의 흔적이든, 영화 속에서 마주했던 낯익은 풍경이든, 혹은 골목마다 스며 있는 삶의 온기든, 결국 각자와 공명하는 무언가를 만나게 될 것이다. 무엇을 좋아하느냐에 따라 감동의 지점은 달라지지만, 시칠리아는 누구에게나 마음 깊은 곳을 울리는 한 장면을 보여 주며 감동을 선물한다. 그렇게 이 곳에서의 기억은 삶의 한 페이지가 되어 오래도록 여운을 품은 채 가슴속에 머문다.

시칠리아는 이처럼 다양한 매력을 품은, 마치 팔색조 같은 섬이다.

Chapter 1

시간의 문을 열다

(1) 그란드 호텔 티메오에서 내려다보는 전경

#1.
타오르미나 원형극장,
고대의 무대 위에서 만난
정명훈

타오르미나, 흐릿하게 시작된 여정

시칠리아 동부, 카타니아 폰타나로사 공항*Catania–Fontanarossa Airport*
에 도착한 것은 일요일 새벽이었다. 원래는 팔레르모*Palermo*로 입국해 카
타니아*Catania*에서 출국하는 여정이었지만, 항공 스케줄이 꼬이는 바람
에 입국과 출국 모두 카타니아로 조정할 수밖에 없었다. 덕분에 마지막
날 팔레르모 일정을 마치고 네 시간 넘게 차를 타고 다시 카타니아로 돌
아오는 불편을 감수해야 했다.

장거리 비행 끝에 맞은 새벽, 공항 밖은 아직 어스름한 안개에 잠
겨 있었다. 피곤한 몸을 이끌고 타오르미나의 벨몬드 그란드 호텔 티메
오*Grand Hotel Timeo, A Belmond Hotel*로 향했다. 한적한 시칠리아의 두루를 따라
드문드문 스쳐 지나가는 올리브나무와 석조 건물들만이 어렴풋이 눈에
들어왔다.

얼리 체크인에 대해서 물었을 때, 확답은 어렵지만 가급적 편의
를 봐주겠다는 호텔 측 답변을 들었기에 내심 기대했다. 하지만 도착하
자마자 오늘은 만실이라 불가능하다는 냉정한 말을 들어야 했다. 체크
인까지 남은 시간을 어디선가 보내야만 했다. 결국 호텔에 짐을 맡기고,
천근만근인 몸으로 한 시간가량 떨어진 아울렛으로 향했다.

도착한 시간이 아직 일러 걱정했는데, 다행히 대부분 매장이 영업
중이었다. 하지만 몰려오는 피로 탓인지 사고 싶은 물건은 눈에 잘 들어
오지 않았다. 결국 조용한 카페 한편에 앉아 커피를 시켰다. 시간은 더디
게 흘렀고, 피로는 차곡차곡 쌓여만 갔다. 호텔로 돌아오는 길은 더욱

길고 힘겹게 느껴졌다. 그렇게 도착한 타오르미나의 인상은 피곤에 젖은 수채화처럼, 조금은 흐릿하고 아득하게 남았다.

고대 무대 위에 겹쳐진 선율, 정명훈과 엔니오 모리코네

체크인을 마치고 짐을 정리한 뒤 잠시 눈을 붙였다가 일어나니, 시간은 어느새 오후 5시를 지나고 있었다. 로비에서 만난 현지 가이드는 오늘은 시간이 많지 않으니 호텔 뒤편의 고대 원형극장만 둘러보는 게 좋겠다고 했다. 본래는 타오르미나 위쪽에 자리한 작은 중세 마을, 카스텔몰라*Castelmola*까지 갈 계획이었지만, 일정이 여의치 않아 다음 기회로 미루기로 했다. 해발 500미터 고지에 위치한 이 마을에서는 맑은 날이면 이오니아해*Mar Ionio* 너머로 이탈리아 본토의 칼라브리아 해안선이 아스라이 보인다고 한다. 조용하고 고풍스러운 석조 건축물이 어우러져 있어 여유로운 산책을 즐기기에 더없이 좋을 것 같았다. 언젠가 다시 시칠리아를 찾게 된다면 꼭 하루쯤은 묵어 보고 싶은 곳이다.

호텔을 나서 언덕을 따라 오르니 눈앞에 커다란 유적이 펼쳐졌다. 이곳은 기원전 3세기경 고대 그리스인들이 축조한 타오르미나 원형극장*Teatro Antico di Taormina*으로, 이오니아해의 푸른 수평선과 에트나산의 절경이 한눈에 들어왔다. 단순히 공연을 위한 공간이 아니라, 지형의 특성을 살려 전망이 좋은 곳에 지은 덕분에 적의 움직임을 한눈에 바라볼 수 있는 위치에 자리했다. 고대 그리스 극장 대부분이 산비탈이나 절벽 위, 혹은 해안선이 내려다보이는 고지에 위치한 것도 같은 이유에서다.

‘극장’이라는 단어 자체가 고대 그리스어 ‘테아트론*θέατρον*’에서 유래했는데, 이는 ‘보다, 응시하다’라는 뜻의 ‘테아오마이*Theáomai*’에서 파생되었다. 즉, 원형극장은 단지 무대를 바라보는 공간이 아니라 세상을 관조하는 시선의 자리였다. 타오르미나 원형극장 역시 같은 목적을 담아 세워졌지만, 이후 시칠리아를 점령한 로마인들에 의해 투기장*Arena*으로 개조되었다고 한다. 맹수가 밖으로 뛰쳐나가는 것을 막기 위해 시멘트와 벽돌로 기둥 사이를 메웠다는 이야기도 있는데, 하나의 유적에 두 시대의 경계가 육안으로 확연히 드러난다는 점에서 매우 흥미로웠다.

그런데 원형극장의 무대가 어딘가 낯익었다. 문득 해안가 언덕 위에서 오케스트라를 지휘하던 정명훈의 모습이 떠올랐다. 유튜브에서 정명훈이 오페라 「카발레리아 루스티카나*Cavalleria rusticana*, 시골 기사도」의 ‘인터메초*Intermezzo*’를 지휘하던 장면 속 풍경과 닮아 있었다. 혹시나 해서 가이드에게 물어보니, 맞다고 한다. 2017년 G7 정상회의 축하공연 때 정명훈은 이 원형극장에서 라 스칼라 필하모닉 오케스트라*Filarmonica della Scala*를 지휘했다고 가이드는 덧붙여 설명했다.

진지하게 공연을 감상하던 정상들과 당시 미국 대통령 트럼프의 모습이 기억났다. 눈을 지그시 감고 지휘하던 정명훈의 모습이 원형극장과 겹쳐지는 순간, 형언할 수 없는 전율이 밀려왔다. 관객의 숨죽인 긴장감과 현악기의 미묘한 떨림 그리고 정명훈의 손끝에서 흐르는 호흡까지 순간적으로 생생하게 되살아난다.

오페라 「카발레리아 루스티카나」는 19세기 말 이탈리아 작곡가

(2) 타오르미나 원형극장 무대 뒤 모습

피에트로 마스카니*Pietro Mascagni*가 시칠리아의 한 작은 마을을 무대로 작곡한 작품이다. 당시 유럽 오페라계에 '베리스모*Verismo, 사실주의*'의 물결을 본격적으로 불러일으킨 대표작으로, 시칠리아를 배경으로 사랑과 배신, 복수가 얽힌 통속적인 이야기를 담고 있다.

영혼을 울릴 만큼 아름다운 선율을 지닌 이 오페라의 인터메초는 수많은 영화와 드라마의 배경 음악으로 사용되었다. 특히 『대부 III』의 클라이맥스를 감싸는 격정적인 멜로디는, 지금도 잊히지 않을 만큼 깊은 인상을 남긴다. 아마 그래서일까. 나는 요즘도 유튜브에서 정명훈의 공연을 찾아 들으며 그때의 감동을 다시 마주하곤 한다.

G7 정상회의 축하 공연이 열렸던 무대를 내려다보니 마치 그 현장에 있었던 듯한 감동이 밀려왔다. 내가 좋아하는 실황 공연의 무대를 직접 마주하다니, 여행을 떠나며 전혀 기대하지 않았던 놀라운 선물이었다. 원형극장 무대는 이미 또 다른 공연을 준비하는 사람들로 분주했다. 커다란 앰프를 설치하고 악기들을 세팅하는 모습이 팝 오케스트라 공연을 준비하고 있는 것 같았다.

문득 이루지 못한 오랜 꿈 하나가 떠올랐다. 나는 클래식과 팝의 경계를 넘나드는 크로스오버 음악을 좋아한다. 긴 호흡으로 집중해서 감상해야 하는 순수 클래식보다 언제든 편히 들을 수 있는 음악이 취향에 더 잘 맞다. 그중에서도 엔니오 모리코네*Ennio Morricone*의 음악을 가장 좋아한다. 영화 음악은 물론 실내악과 오라토리오, 순수 관현악곡까지 직접 지휘한 엔니오 모리코네는 클래식 작곡가로서의 자의식이 강했다.

순수 클래식 작곡가로 출발했지만, 영화음악으로 활동 무대를 옮겨 클래식을 소수의 전유물이 아닌 다수의 일상 속으로 스며들게 했다. 영화음악이야말로 더 많은 사람들과 교감할 수 있는 예술이라고 믿었기 때문이다. 전통과 장르의 벽을 넘나드는 수많은 실험적 시도를 통해 새로운 지평을 연 그의 음악적 스펙트럼은 경이로울 만큼 넓다. 엄청난 다작에도 불구하고, 그가 남긴 500여 곡 하나하나가 보석처럼 빛난다. 그의 음악을 듣고 있으면, 이 모든 선율이 한 사람의 손끝에서 흘러나왔다는 사실이 믿기 어려울 정도다.

영화 『미션 *The Mission*』의 '가브리엘의 오보에 *Gabriel's Oboe*'는 감미로운 선율로 깊은 여운을 남긴다. 이 곡을 확장한 오케스트라 버전 '더 미션 *The Mission*'은 풀 오케스트라와 합창을 더해 오라토리오에 가까운 장엄함을 보여준다. 시칠리아가 배경인 『시네마 천국 *Nuovo Cinema Paradiso*』과 『말레나 *Malèna*』, 그리고 『황야의 무법자 *A Fistful of Dollars*』와 『원스 어폰 어 타임 인 더 웨스트 *Once Upon a Time in the West*』 같은 작품들은 그의 음악 세계가 어디까지 확장될 수 있는지를 경이롭게 보여준다.

모리코네는 단순히 '클래식에서 영화음악으로 옮겨간 작곡가'가 아니다. 자신만의 클래식을 영화라는 형식 안에서 확장하고 실현한 예술가였다. 모차르트가 하늘에서 내려오는 선율을 악보에 옮겼다면, 모리코네는 땅 위의 삶과 감정을 끌어안는 음악으로 사람들의 마음을 울렸다. 그를 '역사상 가장 위대한 음악가'라 부르는 것은 결코 과장이 아니다. 그의 실황 공연을 직접 보는 게 평생의 소원이었지만, 2020년 그가 세상을 떠나면서 더는 이룰 수 없는 일이 되고 말았다. 그가 이제 이 세상에 없다는 사실을 떠올리는 순간, 묘한 허탈함과 아쉬움이 조용히 밀려왔다.

낯선 도시에서 마주한 삶의 리듬

정명훈과 모리코네를 떠올리게 했던 타오르미나의 원형극장을 빠져나오는 길목은 여전히 분주했다. 이른 저녁, 붉게 물든 햇살이 석조 기둥 위를 어루만지듯 스며들었고, 세계 각국에서 모여든 여행객은 그 순간을 놓치지 않으려 분주하게 카메라 셔터를 눌러댔다. 이탈리아어, 영어, 독일어, 일본어 그리고 낯익은 한국어까지, 여러 나라의 언어가 파편처럼 스쳐 지나갔다. 그 낯선 숨결 속에서, 우리는 모두 '여행자'라는 이름 아래 한순간 엮였다가 흩어지는 존재가 되었다.

"저기에서 한 장 더 찍을까?"

그때 한국어가 귀에 꽂혔다. 익숙한 억양이었다. 고개를 돌리니 환한 미소를 짓고 있는 예순 전후의 중년 부부가 보였다. 햇볕에 건강하게 그을린 피부와 단정한 옷차림에는 오랜 여행의 시간이 묻어 있었다. 말투와 표정에는 묘한 여유가 느껴졌다. 우리는 자연스레 인사를 나누게 되었다. 부부는 대구에서 왔고, 매년 '역사 탐방과 음악 기행'을 주제로 유럽 곳곳을 여행하고 있다고 했다. 이번에는 오스트리아와 스위스를 거쳐 시칠리아로 이어지는 여정이었다. 오스트리아에서는 보덴호 수상 무대에서 펼쳐지는 '꿈의 음악제'로 널리 알려진 브레겐츠 페스티벌

*Bregenz Festival*을 관람하고 왔다고 했다. 매년 음악을 테마로 여행을 한다는 그들의 말을 듣고 나는 엔니오 모리코네의 공연 대신 이 음악제를 버킷 리스트에 넣으면 어떨까 생각했다.

여유로운 주말이면 몇 시간이고 음악에 몰입하는 취미가 있다. 마음을 다잡거나 정리할 일이 생길 때면 클래식 음악을 곁에 둔다. 하지만 오디오가 거실에 있다 보니 가족들의 눈치가 보여, 모두가 외출한 때가 아니면 마음 편히 음악에 빠지기가 쉽지 않다. 그래서 클래식과 팝의 크로스오버 음악을 좋아하게 된 건지도 모르겠다.

게다가 스스로를 열성 애호가라고 부르기엔 애매하다. 음반 수집은 접은 지 오래고, 턴테이블이나 CD플레이어도 처분해서 없다. 대신 고음질 음원을 서버에 저장해 하이엔드 오디오로 듣는다. 태블릿이나 스마트폰 앱으로 쉽게 선곡할 수 있어 편리하다. 저장된 음원이 없으면 TV 스트리밍으로도 들을 수 있다. 비록 음질이 약간 떨어지지만, 감상에는 충분하다.

최근 스마트 TV로 교체하면서 사은품으로 받은 사운드바는 나를 더 게으르게 만들었다. 이젠 조작이 복잡한 오디오를 켜지 않아도 된다. 소리의 깊이는 2채널 스테레오 오디오에 못 미치지만, 서브우퍼와 서라운드 스피커, 대형 화면이 어우러져 현장감과 몰입감은 오히려 더 크다. 특히 실황 공연을 볼 때면 감동이 배가된다. 사운드바를 설치한 뒤로는 순수 클래식 대신 장르를 가리지 않고 공연 실황을 자주 감상하게 되었다. 「카발레리아 루스티카나」도 그중 하나였다.

(3) 2022년 브레겐츠 페스티벌:
보덴호 수상 무대에서 펼쳐진 오페라 『나비부인』

그런데 지금 눈앞에 있는 부부는 그런 음악을 화면 너머가 아닌 실제 무대에서 매년 생생하게 마주하고 있었다. 그들의 대화 속에는 삶과 예술이 자연스럽게 녹아 있었다. 우리는 음악이라는 공통의 언어를 사이에 두고 한동안 이야기를 나눴다. 짧은 대화 속에서 나는 새로운 버킷 리스트가 생겼다. 단 하나의 공연을 위해 낯선 도시로 떠나는 여정. 생각만으로도 가슴이 설렜다.

그들은 원형극장을 배경으로 몇 장의 사진을 더 남긴 뒤 손을 흔들며 먼저 자리를 떴다. 나는 한참 동안 그들의 뒷모습을 바라보았다. 여행자들로 붐비는 타오르미나의 유적 한가운데에서, 그들은 마치 클래식 악보 위를 조용히 걷는 듯한 '여백 있는 사람들'이었다. 각자의 리듬과 속도로 서로에게 조화를 이루는, 진정한 소울메이트처럼 보였다.

그날 타오르미나에서 만난 풍경과 사람들 그리고 우연히 만난 음악적 공감은 오래도록 내 기억을 환히 비출 것만 같았다. 짧은 인연이었지만 또 하나의 소중한 여행의 결이 되었다. 우리는 서로를 깊이 알 필요도, 이름을 교환할 필요도 없었다. 그저 우연히 스쳐간 인연으로 족했으니까. 다만, 저물어가던 노을빛과 이야기를 나누던 오후의 순간이 어우러져 한껏 여유로웠던 시절의 추억이 되어 마음 한켠에 남았다.

예기치 못한 순간이 남긴 여운

호텔로 돌아오는 길, 타오르미나의 하늘은 붉게 물들고 있었다. 골목마다 울려 퍼지던 관광객들의 웃음소리도 저녁이 가까워지자 점점 잦아들었다. 유적지 너머로 노을이 이오니아해를 물들이며 하루의 끝을 조용히 알리고 있었다. 원형극장에서의 에피소드는 카스텔몰라를 건너뛴 아쉬움조차 잊게 할 만큼 깊고 선명한 흔적으로 내 마음에 남았다. 원래 계획과는 전혀 다른 방향으로 흘러갔지만, 정작 가슴에 남은 건 예기치 못한 순간들이었다.

고대 원형극장의 장엄한 풍경부터, 정명훈의 지휘가 불러온 강렬한 감동 그리고 낯선 타국에서 음악이라는 공통 언어로 소통하게 된 부부와의 대화까지 돌아보니, 일정에는 없던 예기치 못한 일들이지만 이번 여정의 진짜 의미는 오히려 그 순간들 속에 숨어 있었다. 여행은 때때로 예상과는 다른 방향으로 흘러가곤 한다. 그러나 예측할 수 없는 여백 안에 평생 간직할 감동이 숨어 있다.

'삶은 우연이 지배하고, 미래는 누구도 알 수 없다.'

고대 그리스 비극 시인 소포클레스*Sophocles*가 쓴 『오이디푸스 왕 *Oedipus Rex*』이 떠올랐다. 신과 인간, 운명과 자유 사이에서 선택과 우연의 충돌을 그려낸 그 작품은, 오늘날에도 유용한 인생의 통찰을 건넨다. 그날 밤, 호텔 창가에 앉아 다시금 인터메초를 틀었다. 바다 건너 어둠이 밀려왔고, 별빛 아래 무대는 고요하게 숨을 죽였다. 음악은 공간을 넘어 기억 속에서도 연주되었다.

그렇게 나는 여행 첫 날의 엔딩 크레딧을 천천히 넘기고 있었다.

(4) 또 다른 공연을 준비하는 타오르미나 원형극장과 에트나산

#2.
에트나산,
불의 대지와
생명의 포도밭을 따라

이오니아해를 품은 호텔에서의 아침

그란드 호텔 티메오는 시내에서 원형극장으로 이어지는 언덕 중턱에 자리 잡고 있었다. 정문을 통과해 작은 정원을 지나 로비에 들어서면 프런트 데스크와 레스토랑만 보여 처음에는 아담한 부티크 호텔처럼 느껴졌다. 그런데 엘리베이터를 타고 아래층으로 내려가니 전혀 다른 풍경이 펼쳐졌다. 해안 절벽 경사면을 따라 계단식으로 지어진 객실동, 정원과 스포츠 시설, 수영장까지 이어지는 대규모 리조트형 구조는 외관만 보고는 쉽게 짐작할 수 없는 규모였다. 고전적 아름다움과 자연 지형을 조화롭게 녹여낸 건축이 인상적이었다.

아침 식사를 하기 위해 레스토랑이 야외 테라스에 들어서자, 이오니아해가 시야를 가득 채우는 절경이 펼쳐졌다. 눈앞의 풍경은 현실이라기보다 낡은 유럽 여행서 속 삽화처럼 느껴졌다. 저 멀리서 연기를 피워 올리는 에트나산의 실루엣은 마치 신화 속 거인이 낮잠을 자고 있는 듯했다. 호텔 입구 쪽에서 보면 레스토랑과 테라스는 1층이지만, 경사진 언덕 아래에 자리한 객실과 정원 쪽에서 올려다보면 마치 건물의 루프탑처럼 보였다. 테이블에 앉아 푸른 바다를 내려다보니 일렁이는 잔잔한 물결이 햇살에 반짝였다. 그 전날 방문한 고대 원형극장도 뒤로 보이는 풍경 속에 조용히 제자리를 지키고 있었다. 테라스 난간 옆으로 화분에 담긴 옅은 분홍색과 빨간색 그리고 보라색의 화려한 꽃들이 푸른 하늘과 대비되어 눈이 부셨다. 꽃잎들은 바람결을 따라 물결치듯 흔들렸다.

(5) 이오니아해를 내려다보는 그랜드 호텔 티메오의 레스토랑 테라스

아침 뷔페 메뉴는 여느 유럽 호텔과 크게 다르지 않았지만, 다양한 시칠리아 토종 치즈를 맛볼 수 있다는 점이 인상 깊었다. 식사를 마친 뒤 느긋하게 커피를 마시며 풍경 속에 조용히 잠겨 있는데, 다른 투숙객들이 옆 테이블에 자리를 잡았다. 은퇴한 60대 중반쯤 되어 보이는 남편과 아내였다. 두 커플이 마주앉아 두런두런 나누는 대화 속에는 오늘 여정의 즐거움에 대한 기대감이 섞여 있었다.

그중 한 남자가 말을 걸어왔다. 이번 시칠리아 여행에서 우리가 처음 보는 동양인이라면서 반가운 듯 인사를 건네며 어디에서 왔는지 물었다. 자신은 친구 부부와 함께 여행 중이며 콜로라도에서 왔다고 소개했다. 그리고 내일은 베니스에서 열리는 음악회를 보러 간다고 했다. 하얀 린넨 셔츠를 입은 그의 말투와 몸짓에는 교양과 여유가 묻어났다. 미국 회사의 임원쯤 되면 업무 강도가 장난이 아니라는 걸 잘 알고 있었기에 이들이 누리는 지금의 여유가 젊을 때 치열하게 살았던 삶에 대한 보상일 거란 생각이 들었다.

활화산 에트나, 신화와 자연의 경계에서

든든하게 아침 식사를 마친 뒤, 가이드와 함께 지프 투어 차량에 올라 에트나산으로 향했다. 유럽에서 가장 높고 활발한 이 활화산은 지금도 여전히 연기와 화염을 내뿜고 있다. 고대인들은 이 거대한 자연의 힘을 두려워하면서도 경이롭게 바라보았고, 신화로 풀어내려 애썼다.

그리스 신화에 따르면, 제우스는 올림포스 신들과의 전투에서 패한 거대한 괴물 티폰을 에트나산 아래에 가두었다고 전해진다. 티폰은 끊임없이 몸부림쳤고, 그때마다 에트나산은 거대한 화염과 연기를 뿜으며 분출했다. 또 다른 전승에서는 불과 대장장이의 신 헤파이스토스가 에트나산의 깊은 동굴 속에 대장간을 차려 놓았다고 한다. 신들의 무기와 갑옷을 벼리고 망치질할 때마다 산은 불기둥과 굉음을 내며 들끓는다고 설명한 것이다. '불의 산'이라는 별칭은 단순한 수식어가 아니었다. 신화와 현실, 상상과 자연이 맞닿은 장소였다.

에트나산에는 크고 작은 400여 개의 분화구가 흩어져 있었다. 우리가 선택한 코스는 그중에서도 발레 델 보베*Valle del Bove* 분지까지 오르는 길이었다. 산허리를 따라 부드럽게 이어지는 도로를 달리다 가이드는 길가에 차를 세우고 우리를 숲길로 안내했다. 화산재가 얇게 깔린 흙길을 따라 10분쯤 걷자 동쪽 계곡이 시원하게 내려다보이는 탁 트인 전망대가 나왔다. 짙은 녹음 너머로 깎아지른 절벽과 검게 굳은 용암 지대가 한눈에 펼쳐졌다.

전망대에서 조금 더 걸어가자 작은 용암 동굴이 모습을 드러냈다. 여덟 명 정도 들어가면 가득 찰 만큼 크기가 작았고, 깊이도 얕았다. 제주도나 울진에서 보았던 웅장한 동굴에 비하면 규모나 모습은 소박했지만, 굳어버린 용암이 남긴 흔적이라는 점에서 흥미로웠다. 거대한 화산의 움직임이 만들어 낸 작은 공간 앞에 서자, 오래된 자연의 힘이 조용히 피부에 와 닿았다.

해발 2,000미터 부근의 휴게소에 도착했을 때 마주한 풍경은 조

(6) 에트나산 용암 동굴 안에서 올려다본 모습

용했지만 어딘가 낯설었다. 이곳이 원래 스키장이었다는 설명을 듣고 나서야 그 어색함의 이유를 알 수 있었다. 2018년에 새로 생긴 분화구에서 흘러나온 용암이 리프트와 일부 슬로프를 덮쳐서 더는 제 기능을 못 하게 되었다. 다행히 용암이 천천히 흘러내려 큰 피해는 없었다고 했다.

해발 3,000미터의 정상까지 수많은 분화구가 여기저기 흩어져 연기를 뿜어내고 있었다. 케이블카를 타면 2,500미터 정도까지 오를 수 있고, 가이드를 동반한 트레킹 코스를 택하면 2,900미터까지 오를 수 있다고 했다. 에트나 화산 투어의 매력은 유럽에서 가장 강력하고 신비로운 자연의 힘을 느낄 수 있는 활화산을 구경할 수 있을 뿐 아니라 고도에 따라 다양한 수종들을 볼 수 있다는 점이었다. 지중해성 관목부터 고산성 초목과 희귀 식물까지, 에트나산은 단순한 화산이 아니라 하나의 완전한 생태계였다.

화산이 빚어낸 에트나의 와인

에트나 화산 투어를 마치고 도착한 코타네라 와이너리*Cotanera Winery*는 에트나산 북쪽 경사면에 위치해 있었다. 우리를 반갑게 맞이한 매니저는 화산 토양과 높은 고도가 만들어 내는 에트나 지역의 독특한 테루아*Terroir* 가 이 지역 와인의 산도와 향 그리고 구조에까지 영향을 준다고 했다. 우리는 포도밭 사이를 걸으며 재배하는 품종들에 대한 설명을 들었다. 따사로운 햇살과 화산 토양을 품은 땅에서는 토착 품종인 네렐로 마스칼레세*Nerello Mascalese* 로 에트나 로쏘*Etna Rosso*와 바르바잘레 로

(7) 와이너리 창 너머 보이는 에트나산

소*Barbazzale Rosso* 같은 레드 와인이 만들어졌다. 때로는 네렐로 카푸치오 *Nerello Cappuccio*를 블렌딩해 풍미를 더하기도 했다. 화이트 와인은 카리칸 테*Carricante* 라는 또 다른 토착 품종으로 양조되는데, 신선한 산도와 화산 성 미네랄 향이 매력적이었다. 오랜 전통을 지닌 마르살라*Marsala* 와인과 달리, 이곳의 와인은 바깥 세상에 알려진 지 오래되지 않았다. 대신 그만 큼 젊고 활기찬 에너지가 곳곳에서 살아 숨 쉬고 있었다.

양조장 투어를 마친 우리는 본관 로비 옆, 아늑한 테이스팅 룸으 로 자리를 옮겼다. 테이블 위에는 갓 구운 빵과 치즈 그리고 살라미가 정갈하게 차려져 있었다. 남쪽으로 난 커다란 창 너머로는 산비탈을 따 라 이어지는 포도밭이 부드럽게 펼쳐졌고, 그 너머로는 하얀 연기를 품 은 에트나산 정상이 아득히 솟아 있었다. 햇살 가득한 바깥 풍경과 고 요한 실내가 선명한 대조를 이루며, 마치 시간을 초월한 명화 속 한 장 면처럼 느껴졌다.

대규모 상업 자본에 의해 운영되는, 규모가 크고 세련된 보르도 *Bordeaux*의 와이너리에 비하면 이곳은 꽤 소박했다. 그래서 와인 맛은 어 떤지 더욱 궁금해졌다. 이날 시음한 와인은 총 세 종류였는데, 프랑스 보르도나 이탈리아 토스카나*Toscana* 와인에 비하면 깊은 맛과 풍미는 부 족한 듯했다. 숙성 기간이 짧기 때문일까, 맛이 다소 거칠었다. 그렇지만 에트나 로쏘는 풍부한 과일 향과 단단한 탄닌, 균형 잡힌 산미로 풀바 디 와인을 선호하는 이들에게는 충분히 인상적인 선택이 될 만했다. 바 르바잘레 로쏘는 미디엄 바디의 질감에 스파이시한 피니시가 특징이었다. 에트나 지역의 와인은 최근 들어 외부 투자가 활발하게 이루어지고 있다고 했다. 몇 년 뒤 다시 이곳을 찾는다면, 이곳의 와인도 더 깊어진 모습으로 우리를 맞이하지 않을까.

시칠리아 여행 초반부터 빡빡한 일정을 소화하느라 모두에게 힘든 하루였다. 호텔로 돌아와 충분한 휴식을 취한 뒤 호텔 레스토랑에서 늦은 저녁 식사를 했다. 오후 8시면 우리에게는 굉장히 늦은 시간이었지만 시칠리아 사람들에게는 이른 시간이라 느긋하게 식사할 수 있었다.

휴식이 가져온 여유 때문이었을까? 밤이 깊어 가는 줄도 모른 채 대화가 이어졌다. 그렇게 시칠리아의 두 번째 밤이 지나가고 있었다.

(8) 코타네라 와이너리에서의 와인 테스팅

#3.
움베르토 거리,
해 질 녘
괴테와의 약속

피촐로 골프 클럽과 그란드 호텔 티메오

늦은 시간까지 시칠리아의 낭만적인 분위기에 흠뻑 취했던 다음 날, 아침 일찍 호텔을 나섰다. 목적지는 에트나산 중턱, 용암석 지대의 경사면을 따라 조성된 피촐로*Picciolo* 골프 클럽이었다. 시칠리아 특유의 화산 지형 위에 펼쳐진 코스에서 라운딩을 즐길 수 있으리라는 특별한 경험에 대한 기대 때문에 무리하게 잡은 일정이었다.

그러나 기대와 달리 군데군데 보이는 용암석을 제외하고는 여느 골프장과 크게 다르지 않았다. 오히려 전반적으로 미흡한 점들이 많았다. 코스 관리 상태가 썩 좋지 않았고, 코스 레이아웃도 복잡했다. 안내 표식도 부족해서 다음 홀을 찾아가는 것조차 쉽지 않았다. 경치 하나만 바라보고 감내하기엔 실망이 적지 않았다. 결국 조용히 라운딩을 마치고 클럽 하우스에서 간단히 점심 식사를 한 뒤 호텔로 돌아왔다.

여행을 시작한 뒤 2~3일 즈음에는 휴식을 취해야 한다. 경험상의 노하우다. 그래서 오늘은 특별한 일정을 잡지 않고, 대신 호텔 주변을 천천히 둘러보기로 했다. 객실 수가 70여 개인 이 그란드 호텔 티메오는 부지가 워낙 넓어 호텔을 제대로 둘러보려면 따로 시간을 내야 했기 때문이다. 널찍하면서도 세심하게 꾸며진 야외 정원, 스파, 수영장, 스포츠 시설 등 이용자 동선을 잘 고려한 편리한 시설은 안락한 휴식을 누리기에 충분했다. 은은한 라벤더 향기를 맡으며 유서 깊은 올리브나무 그림자를 따라 이어지는 정원 길을 천천히 걷다 보면, 시간의 흐름마저 잊게 된다. 흰색 천이 드리운 파라솔 아래, 사람들이 와인잔을 들고 조용

(9)호텔에서 정원으로 내려가는 계단

히 이야기를 나눴다. 이곳의 정적은 고요하면서도 우아했다.

야외 수영장은 언뜻 작아 보였지만, 주위의 푸른 잔디와 석조 데크, 유려한 라탄 가구들이 풍경과 절묘한 조화를 이루고 있었다. 그 조화는 마치 하나의 예술 작품처럼 공간 전체를 완성해 주었다. 수영장에 반사되는 하늘빛과 바다색은 시간에 따라 조금씩 변했고, 그 움직임조차 사람의 마음을 가만히 어루만졌다.

오후가 깊어지자 햇살은 호텔 건물의 테라코타 벽면에 따뜻한 금빛을 드리웠고, 정원 사이사이로 황금빛 그림자가 스며들었다. 이 순간, 세상은 더 이상 복잡하지 않았다. 그저 풍경과 감각 그리고 여운만 남았다. 수풀이 우거진 정원 너머로 스며드는 공기와 풍경만으로도 자연이 주는 위로가 전해지는 듯했다.

움베르토 거리와 아페롤 스프리츠

호텔 주변을 느긋하게 산책한 뒤, 타오르미나 시내로 발걸음을 옮겼다. 오후 5시가 넘었지만 햇살이 따가웠다. 정문을 나와 언덕길을 조금 내려가자 움베르토 거리*Corso Umberto*가 화려한 모습을 드러냈다. 이탈리아 국왕 움베르토 1세*Umberto I di Savoia*의 이름을 딴 이 거리는 도시를 동서로 가로지르는 메인 스트리트였다.

반대편 끝에 있는 광장까지 이어진 움베르토 거리는 사람들로 붐볐지만 차가 다니지 않아 불편하지 않았다. 다양한 상점과 부티크, 기념품 가게를 비롯해 거리의 예술가들과 야외 갤러리, 바와 레스토랑까지

길을 따라 다채롭게 늘어서 있어서 걷기만 해도 즐거웠다.

큰길 중간중간에는 계단으로 이어진 골목길이 나 있었고, 경사진 양쪽 벽면에는 진분홍빛 부겐빌레아*Bougainvillea* 꽃이 흐드러지게 피어 있었다. 한 폭의 그림처럼 보였다. 층마다 참이 있는 건물에는 테이블이 놓인 레스토랑도 있었고, 거리의 예술가들이 직접 그린 그림이나 손수 만든 기념품을 걸어 놓은 작은 갤러리 같은 상점들도 눈길을 끌었다. 레스토랑 앞에 세워 둔 메뉴를 보면 어느 하나 지나치고 싶은 곳이 없었다. 풍부한 지중해의 다양한 재료로 만든 해산물 요리는 특히 근사해 보였다. 당장 들어가서 식사하고 싶은 유혹을 뿌리치기 힘들었다.

바닷바람이 스쳐 지나가는 거리에는 오래된 도시만의 고풍스러움과 예술적인 감성이 자연스럽게 어우러져 있었다. 처음엔 화려한 거리와 아기자기한 골목길 풍경이 시칠리아의 다른 마을들과 비슷할 거라 생각했지만, 여행을 마치는 날까지 타오르미나처럼 세련되고 아름다운 거리는 다시 만나지 못했다.

대부분의 여행자들은 팔레르모로 입국해 카타니아에서 출국한다. 그래서 타오르미나는 여행의 마지막에 들르는 경우가 많은데, 그때 처음 이곳을 본 이들은 소박한 시칠리아 마을과는 전혀 다른 모습에 적잖이 놀란다고 한다. 물론 우리의 이번 여정은 그와 정반대였다.

9월인데도 기온이 30도를 훌쩍 넘는 바람에 티셔츠는 어느새 땀에 흠뻑 젖어 있었다. 결국 우리는 바깥 테이블이 놓인 어느 바에 자리를 잡고 앉았다. 주위를 둘러보니, 거의 모든 테이블에서 아페롤 스프리츠*Aperol Spritz*가 보였다. 우리도 자연스럽게 같은 음료를 주문했다.

아페롤 스프리츠는 여름철 유럽 사람들이 가장 즐겨 찾는 칵테일이다. 이탈리아의 스파클링 와인인 프로세코*Prosecco*와 아페롤*Aperol*, 탄산수를 얼음과 함께 섞어서 만든 저알코올 칵테일로, 상큼하고 가벼운 맛 덕분에 여름철 유럽 전역에서 가장 사랑받는 음료다. 아페롤의 주원료가 오렌지여서 그런지 유럽 전역으로 오렌지를 전한 시칠리아에서는 그 향이 한층 더 진하게 느껴졌다. 아름다운 오렌지빛 음료를 한 모금 마시자 상큼한 향이 더위에 지쳤던 몸을 깨웠다. 단언컨대, 땀에 젖은 오후를 식히기엔 이보다 더 나은 음료는 없었다.

역사와 풍경이 만나는 4월 9일 광장

다시 큰길을 따라 걸어 올라가자 '4월 9일 광장*Piazza IX Aprile*'이 나왔다. 이 광장의 명칭은 1860년 4월 9일, 이탈리아 통일 운동의 상징이었던 가리발디*Garibaldi*와 그의 민병대 '붉은 셔츠단*Camicie Rosse*'이 시칠리아에 상륙했다는 소문이 퍼지며 붙여졌다. 실제 상륙은 한 달 뒤인 5월 11일 마르살라에서 이뤄졌지만, 그 착오마저도 이탈리아 통일을 향한 열망을 보여 주는 상징적 일화가 되어 이름은 그대로 남았다.

광장을 둘러싼 난간 아래는 200미터 정도 높이의 아찔한 절벽이었다. 난간 너머로 확 트인 이오니아해를 품은 낙소스만*Baia di Naxos*이 보였다. 에트나산과 나란히 펼쳐진 해안선이 만들어 낸 탁 트인 풍경은 아름답기 그지없었다. 기원전 4세기경, 시라쿠사*Siracusa*의 침공을 피해 바닷가에 살던 원주민들이 언덕 위로 올라와 새로 도시를 세운 것이 타오르미나의 시작이라고 한다. 절벽을 따라 터전을 옮기며 다시 삶을 일구었을 그들의 고단한 발걸음을 떠올리니, 눈앞의 평온한 풍경은 경건한 느낌마저 들게 한다. 지금이야 그림처럼 아름답지만, 이곳에는 고대 타오르미나 원주민들의 애환이 서려 있다.

광장의 한쪽에는 바로크 양식의 산 주세페 성당*Chiesa di San Giuseppe*이 자리한다. 17세기에 건축된 산 주세페 성당은 곡선이 강조된 외관과 화려한 장식이 특징으로, 시칠리아 바로크 양식의 핵심을 잘 보여 준다. 성당 옆의 고대 성벽과 시계탑은 오랜 시간의 겹을 껴안은 채 그 자리에 조용히 머물러 있었다. 광장 주변의 카페와 레스토랑마다 관광객들이 커피 한 잔 혹은 여유로운 식사와 함께 한낮의 풍경을 만끽하고 있었다.

괴테가 사랑한 타오르미나의 노을

호텔로 돌아오는 길에 저녁 자리를 고르느라 메뉴판과 좌석을 확인하다 그만 일행을 놓쳐 버렸다. 서둘러 합류했을 때는 이미 배고픔을 참지 못한 모두가 자리에 앉아 주문까지 끝낸 뒤였다. 시칠리아의 신선한 해산물로 만든 요리였다. 오징어와 굴, 스캄피, 홍합이 조화롭게 담긴 접시에 곁들인 것은 소믈리에가 추천한 카리칸테 화이트 와인이었다. 에트나 화산 토양에서 자란 이 품종은 미네랄이 풍부하고 산도가 높아 해산물과 궁합이 뛰어났다. 음식값과 와인값 모두 부담 없을 정도였고, 맛은 그 이상이었다. 거기에 해 질 무렵 붉게 물든 타오르미나의 하늘이 더해졌으니, '황홀하다'는 표현 말고는 달리 할 말이 없었다.

1787년 5월 7일, 괴테가 타오르미나를 방문했을 당시에도 아마 이와 비슷한 노을을 보지 않았을까.

타오르미나의 역사, 문화, 예술, 자연 등 모든 면에서 감탄한 괴테는 그 지역이 인간 정신을 일깨우는 총체적인 경험의 공간이라고 찬사를 보냈다. 그는 노을 지는 이오니아해를 내려다보는 이 언덕 위에서 이렇게 적었다.

'……해가 지기 전까지는 도무지 이곳을 떠날 수 없었다. 모든 면에서 특별한 이 지역이 서서히 어둠 속으로 잠겨가는 순간은, 말로 표현힐 수 없을 만큼 아름다웠다.'

(...) konnten aber vor Sonnenuntergang von der Gegend nicht scheiden. Unendlich schön war es zu beobachten, wie diese in allen Punkten bedeutende Gegend nach und nach in Finsternis versank. ª요한 볼프강 폰 괴테, 『이탈리아 기행 *Italienische Reise*』

내가 타오르미나에서 마주한 감정은 230여 년 전 괴테가 이곳에서 느꼈던 감정과 놀라울 만큼 하나로 포개지는 듯했다. 그렇게 시칠리아 타오르미나에서의 잊을 수 없는 하루가 괴테의 문장처럼 천천히 어둠 속으로 가라앉고 있었다.

(10) 움베르토 거리 끝에 자리한 4월 9일 광장과 산 주세페 성당

(11) 낙소스만과 에트나산이 보이는 타오르미나 언덕

#4.
사보카,
세월이 흐르지
않는 마을

유럽의 고향, 시칠리아

사보카, 코폴라가 선택한 『대부』의 무대

이번 여행에서 무엇보다 꼭 가 보고 싶었던 곳, 그래서 가장 먼저 일정에 넣었던 곳이 있었다. 바로 타오르미나에서 약 20킬로미터 떨어진 작은 언덕 마을, 사보카*Savoca*다. 시칠리아 북동부 메시나 지방에 자리한 사보카는 포르차 다그로*Forza d'Agrò*와 함께 영화 『대부 I』의 무대가 된 마을이었다. 나에게 사보카는 꼭 가야만 하는 장소였다. 영화 속 풍경을 마음에 품고 오래도록 간직해왔기에 기필코 직접 마주하고 싶었다.

마리오 푸조*Mario Puzo* 가 1969년에 쓴 소설 『대부 *The Godfather*』의 배경은 팔레르모*Palermo* 주의 콜레오네*Corleone* 마을이었다. 하지만 프란시스 코폴라*Francis Ford Coppola* 감독은 사보카를 촬영지로 선택했다. 당시 콜레오네 마을은 경찰과 지역 마피아 간의 충돌로 치안이 극도로 불안했기에, 촬영을 진행하기엔 어렵고 위험한 환경이었다. 코폴라 감독은 영화 『대부 I』을 통해 콜레오네 가족의 호화롭고 부유한 미국 생활과 빈곤에 시달리는 시칠리아 시골의 모습을 시각적 대조를 통해 보여 주고 싶었다. 여러 곳을 둘러본 그는 사보카가 연출 의도를 가장 잘 반영해줄 곳이라는 결론을 내렸다.

또한 중세 무역과 상업의 중심지였던 포르차 다그로의 중세 건축과 풍부한 역사적 배경이 영화의 진정성과 깊이를 더할 수 있다고 판단했다. 결론적으로 코폴라 감독이 콜레오네 마을 대신 사보카와 포르차 다그로를 택한 것은 실용성과 미학 그리고 역사적 배경을 모두 고려한 것이었다.

산 니콜로 성당으로 향하는 영화 속의 길

더할 나위 없이 맑은 하늘과 소박한 건축물, 시골스러운 풍경을 가진 9월의 사보카는 감독이 의도한 대비에 걸맞은 완벽한 배경 같았다. 부겐빌레아뿐 아니라 제라늄, 재스민, 올레안더, 히비스커스 등 마을 골목마다 흐드러지게 핀 꽃들은 소박한 마을에 따스한 매력을 더했다. 게다가 전통적인 석조 주택들 사이의 자갈길과 오래된 성당까지, 어디에서 찍어도 영화 속 한 장면 같은 사진을 얻을 수 있었다.

『대부 I』을 여러 번 본 까닭일까. 사보카는 처음인데 낯설지 않았다. 마을 입구 주차장에 내리니 이미 여러 대의 버스가 정차해 있었고, 관광객 상당수는 미국인이었다. 대부분은 옆에 있는 바 비텔리*Bar Vitelli*로 들어갔다. 우리는 그곳은 나중에 들르기로 하고, 먼저 마을 꼭대기의 산 니콜로 성당*Chiesa di San Nicolò*으로 향했다.

구불구불한 언덕길을 따라 천천히 걷다 보니, 집집마다 화단에 계절의 꽃들이 피어 있었다. 화단이 없는 집은 문이나 창가에 작은 화분을 걸어 두었고, 꽃잎 사이로 스치는 바람은 은은한 향을 남겼다. 덕분에 경사진 길을 오르는 숨찬 걸음도 한결 부드럽게 느껴졌다. 이름 모를 꽃들이 피어 있는 경사길은 소박하면서도 정감이 있었다.

영화 『대부 I』에서 마이클과 아폴로니아는 산 니콜로 성당에서 혼례 성사를 치른 뒤 동네 악단의 연주에 맞춰 이 길을 따라 행진하며 내려온다. 앞으로 닥쳐올 비극을 전혀 알지 못한 채, 환한 얼굴로 주민들의 축하를 받았다.

영화 속 장면이 겹쳐 보이는 길을 걷고 있는데, 가이드가 손을 뻗어 길가의 조그만 열매를 하나 따서 내게 건넸다. 케이퍼라고 했다.

"혹시 훈제 연어 옆에 곁들이는 그 케이퍼 피클이 맞나요?"

일행 중 누군가가 물으니 가이드는 미소를 지으며, 그 피클이 바로 이 케이퍼의 꽃봉오리를 소금에 절여 만든 것이라고 알려주었다. 열매인줄 알았는데, 꽃봉오리라는 사실이 의외다. 꽃이 핀 모습을 볼 수 있었더라면 좋았을 텐데, 지금은 모두 단단한 꽃망울만 달고 있었다.

이런저런 이야기를 나누며 걷다 보니 어느새 성당 앞에 다다랐다. 성당은 언덕 위에 세워져서 마을 어디서든 시선을 끌었다. 거친 석조 외벽과 소박한 종탑이 인상적인 바로크 양식의 건물로, 마을 풍경에 자연스럽게 스며 있었다. 산 니콜로 성당의 파사드*facciata*, 즉 정면 외관은 대리석도 장식도 많지 않아 단순했지만, 오히려 그 절제된 아름다움 속에서 오래된 신앙과 역사의 무게가 고스란히 느껴졌다.

성당 앞 작은 마당에 서니 절벽 아래로 언덕을 따라 포도밭과 감귤나무가 이어졌고, 멀리 굽이치는 푸른 구릉과 들판 너머로 이오니아해의 푸른 수평선이 아련하게 반짝거렸다. 파도 소리는 들리지 않았지만, 바람이 전해 주는 바다 내음이 풍경에 잔잔한 울림을 더했다.

산 니콜로 성당은 단순한 관광지가 아니었다. 성당 앞을 천천히 지나치는 마을 노인, 담쟁이가 기어오른 성벽, 바람에 흔들리는 올리브 잎들이 어우러진 풍경 속에서, 사보카는 마치 세월이 흐르지 않는 마을처럼 느껴졌다. 시간에서 발을 뺀 채 자기만의 호흡으로 살아가는 마을

이 바로 이런 모습이 아닐까 하는 생각이 들었다.

성당 안으로 들어서자, 벽과 천장을 장식한 복잡한 프레스코화가 시선을 사로잡았다. 예수의 생애와 성인의 모습, 성경 속 장면들이 담겨 있었다. 생동감 넘치는 색채와 섬세한 붓놀림이 인상적이었다. 스테인드글라스와 화려한 제단, 정교한 조각상은 성당 안에 깊은 경건함을 더했다. 산 니콜로 성당은 『대부 I』이 개봉된 후 영화 팬들뿐 아니라 성당의 역사적·예술적 의미에 주목하는 방문객들의 발길도 꾸준히 이어지고 있다.

(12) 산 니콜로 성당 내부

바 비텔리와 그라니타

산 니콜로 성당을 둘러본 우리의 발길은 구불구불한 길을 따라 바 비텔리로 향했다. 바 비텔리는 사보카에서 가장 유명한 랜드마크이자 『대부 I』의 상징적 장소였다. 우리는 20분쯤 기다린 끝에야 야외 테이블에 앉을 수 있었다.

이오니아해가 내려다보이는 언덕 위에 자리한 이 바는 영화 속에 인상 깊게 등장한 덕분에, 영화 팬들에게는 빼놓을 수 없는 성지가 되었다. 뉴욕에서 살인을 저지르고 시칠리아의 작은 마을로 도피한 마이클 콜레오네(알 파치노 분)는 이곳에서 바 주인의 딸 아폴로니아를 소개받는다. 둘은 곧 사랑에 빠져 결혼하지만, 마이클을 겨냥한 차량 폭탄 테러로 임신 중이던 아폴로니아가 사망하며 비극이 시작된다. 이 사건으로 마이클은 조직범죄의 세계로 더 깊이 빠져들었고, 아버지 비토 콜레오네(말론 브란도 분)로부터 가업을 이어받게 된다. 바 비텔리는 이러한 비극적 전환의 시작점이 된 장소다.

바 비텔리의 외부와 내부는 영화 촬영 당시의 모습과 장식을 그대로 간직하고 있었다. 그래서 지금도 손님들은 콜레오네 가족과 손님들이 식사했던 테이블에 앉아 음식을 주문할 수 있다. 달라진 점이라면, 바 안 벽면에 영화 속 장면을 담은 사진들이 액자로 걸려 있어 이곳이 『대부 I』의 배경이었음을 조용히 말해 준다는 정도다.

바 비텔리에 들렀다면, 그라니타*Granita*를 맛보는 것은 빠질 수 없는 필수 코스다. 영화 속에서 아폴로니아가 그라니타를 먹는 장면이 나왔기 때문이다. 그라니타는 시칠리아의 전통 디저트로, 얼음 결정이 살아 있는 셔벗이라 할 수 있다. 레몬, 아몬드, 커피, 딸기, 자몽 등 여러 재료에 설탕과 물을 섞어 서서히 얼리며 저어 만드는 방식으로, 셔벗보다 입자가 굵고 달콤하면서도 상큼한 맛이 여운을 남긴다.

코폴라 감독은 2012년, 영화 『대부 I』 개봉 40주년을 맞아 출연진과 제작진과 함께 다시 사보카를 찾았다. 그 전후로도 여러 차례 스태프들과 함께 사보카를 다시 찾았다. 그만큼 영화 촬영 당시 이 마을에서 받은 인상과 영감이 그의 마음에 깊이 남아 있었던 것이다.

나는 알 파치노가 출연한 다른 영화들을 볼 때마다 묘한 감정에 이끌려 다시금 『대부』 시리즈를 찾아보곤 했다. 지금까지 족히 다섯 번은 본 것 같은데, 볼 때마다 영화가 던지는 메시지는 조금씩 달랐다. 선과 악의 이분법적인 해석으로는 도저히 감당할 수 없다.

가족을 지키고 무조건적인 사랑을 베푸는 것은 분명 선이지만, 어떤 이유에서든 범죄를 저지르는 일은 명백한 악이다. 그러나 살인조차 불사해야 가족을 지킬 수 있는 그의 운명을 들여다보면, 선과 악의 경계를 어디에 그어야 할지 점점 더 혼란스러워진다.

콜레오네 가문의 보스는 차가운 표정 뒤에 가족을 향한 따뜻한 마음을 숨기고 있었다. 사랑하는 가족과 불법적인 사업, 서로 충돌할 수밖에 없는 두 세계 사이에서 겪는 내면의 갈등을 영화는 섬세하게 그려냈다. 그리고 이를 통해 조직범죄가 인간관계와 도덕에 어떤 흔적을 남기는지를 보여 주었다. 조용히 공존하던 선과 악은 마침내 정면으로 충돌했고, 그 과정에서 서로의 민낯이 적나라하게 드러났다. 영화는 그 충돌의 지점을 '선과 악의 경계'라 말하고 있었다. 하지만 그 경계의 좌표는 영화를 볼 때마다 조금씩 달라졌고, 나는 늘 그 지점을 따라 헤매고 있었다. 큰 흐름에서 보면, 코폴라 감독은 아버지의 유산을 이어받되 전혀 다른 방식으로 목표를 실현해 가는 마이클과 비토의 삶의 궤적을 조용한 서사처럼 대비해 보여 주었다. 두 사람의 복잡하고도 깊은 결의 차이가 이 영화를 시대를 초월한 고전으로 만들었다.

바 비텔리를 나선 우리는 포르차 다그로로 향했다. 버스 창밖으로는 시칠리아의 전원이 느릿하게 펼쳐졌다. 나는 풍경을 바라보며 마이클과 비도의 삶의 좌표가 어떻게 엇갈렸고, 또 어떻게 겹쳐졌는지를 생각했다. 그러다 어느 순간, 스르르 잠이 들었다.

(13) 바 비텔리 내부

(14) 영화 『대부 I』의 결혼식 장면 배경이 된 산 니콜로 성당

(15) 바 비텔리

BAR
BAR
BARTIELLI

#5.
포르차 다그로,
마음의 고향

지중해 제국 카탈루냐와 포르차 다그로

포르차 다그로는 시칠리아 동북부 메시나 인근, 이오니아 해를 굽어보는 언덕 꼭대기에 자리한 마을이다. 고대 그리스 식민지 시기에는 은빛 언덕*Arghennon Akron*이라 불릴 만큼 아름다웠으며, 고대 로마 시대에는 전략적 요충지로 활용되었다. 이후 중세에 이르러 요새의 역할을 하면서, 성곽*Fortilicum*과 들판*Agrum*을 의미하는 라틴어가 결합해 지금의 이름 포르차 다그로*Forza d'Agrò*, 즉 '들판 위의 요새'로 불리게 되었다.

좁은 자갈돌 골목길과 낡은 석조 주택 그리고 고풍스러운 성당이 미로처럼 얽혀서 마치 시간의 켜를 따라 걷는 듯한 느낌이 들었다. 시질리아의 풍부한 역사와 문화, 자연의 숨결을 단숨에 품는 이 작은 도시는 영화 『대부 I, II, III』 모두에 등장하는 배경지이기도 했다. 영화 대부를 감명 깊게 본 사람이라면 절대 그냥 지나칠 수 없는 여행지다.

시칠리아 여행의 중심은 역사였지만 음식도 빼놓을 수 없는 즐거움이었다. 지금까지 이탈리아에서 어떤 요리를 주문해도 실망한 적이 없었기에 일행은 시칠리아의 맛에도 큰 기대를 걸었다. 그러나 그날 점심은 맛을 음미할 여유가 없었다. 원래 포르차 다그로의 괜찮은 레스토랑에서 식사할 계획이었으나 숙소가 있는 노토*Noto*까지의 거리가 멀어 예약한 식당을 포기하고, 길가의 작은 가게에서 조각 피자로 간단히 끼니를 때워야 했기 때문이다.

도로는 점점 좁아지고, 커브가 많아질수록 창밖 풍경은 점점 더 드라마틱해졌다. 초록빛 감귤나무와 은빛 올리브 잎이 창밖을 스치듯 지나갔고, 골짜기 너머로는 짙푸른 바다가 반짝였다. 그 풍경만으로도 포르차 다그로에 가까워졌음을 알 수 있었다.

시칠리아는 1282년부터 카탈루냐-아라곤 연합왕국의 통치 아래에 들어가며 지중해 문명권과의 교류를 한층 넓혀 갔다. 18세기 초 오스트리아의 짧은 통치기를 제외하면, 19세기 중반까지 스페인 부르봉 왕가의 영향권 아래에 있었다. 카탈루냐-아라곤 연합왕국은 18세기 스페인 왕국에 흡수되기 전까지 '지중해 제국'이라 불릴 만큼 강력한 해상 세력을 자랑했다. 당대 유럽에서 가장 활발한 해상 문화를 꽃피웠고, 시칠리아는 그 네트워크의 중요한 거점으로 기능했다. 그 결과, 오늘날 시칠리아의 건축과 일상 문화 곳곳에는 카탈루냐를 비롯한 지중해 여러 지역의 유산이 은은히 스며 있다.

연합왕국 시절, 경제와 해군, 무역, 법률, 문화 등 대부분의 해상 제국 활동은 카탈루냐가 주도했다. 이 사실은 오늘날까지도 카탈루냐 지역 사람들이 가진 문화적 자부심의 근원으로 남아 있다. 카탈루냐 자치주의 수도 바르셀로나*Barcelona*를 중심으로 한 이 지역 사람들은 오늘날에도 자신의 정체성을 구분해 인식하며, 일부는 독립을 주장하기도 한다. 자신들을 '스페인 사람'이라 부르는 것에 거부감을 드러내는 것도 이런 맥락에서 이해할 수 있다.

마드리드는 스페인 중앙 정부의 상징이자 수도이며, 바르셀로나는 독자적 문화와 정체성을 지닌 카탈루냐의 수도였다. 이런 배경을 알고 보면 스페인 축구 리그 '라리가*La Liga*'에서 '엘 클라시코*El Clásico*'라 불리는 두 도시의 맞대결이 단순한 축구 경기를 넘어 '전쟁'에 비유되는 이유를 쉽게 이해할 수 있다. 그 치열함은 마치 국제 경기를 방불케 한다. 시칠리아 사람들의 정열적이고 개방적인 기질은 이탈리아 본토보다 오히려 바르셀로나 사람들의 기질과 통하는 면이 있다고들 한다.

차 문을 여는 순간, 상큼한 지중해 공기가 감귤과 야생 허브, 짠 바닷바람의 향기를 실어 와 온몸을 감쌌다. 포르차 다그로의 하늘과 바다의 경계는 부드러웠고, 햇살은 고요했다. 여행 중에도 드물게 찾아오는 '침묵의 순간'이 이 마을의 거리마다 조용히 스며 있었다.

산타 마리아 수태고지 성당, 비토 안돌리니와 돈 콜레오네

차를 세우고 마을 어귀의 좁은 길을 걸었다. 울퉁불퉁한 돌길을 따라가자, 오래된 시간 속에 잠든 듯한 산타 마리아 수태고지 성당*Chiesa Madre di Santa Maria Annunziata*이 조용히 모습을 드러냈다. 15세기에 세워진 이 성당은 18세기 지진 이후 재건된 건물로, 담백한 외관과 달리 내부는 놀라울 만큼 정교했다. 대리석 기둥, 섬세한 프레스코화, 금박으로 장식된 제단은 시칠리아 남부 특유의 화려한 장식미를 고스란히 담고 있었다.

포르차 다그로는 영화 『대부 II』의 중요한 장면들이 촬영된 장소다. 어린 비토 안돌리니가 돈 치치오에게 가족을 모두 잃고 도망가던 장면 그리고 훗날 돈 콜레오네가 되어 복수를 위해 돌아오는 장면이 이 마을에서 촬영되었다. 특히 비토 콜레오네가 당나귀 바구니 속에 몸을 숨기고 마을을 빠져나가던 장면은 바로 이 산타 마리아 수태고지 성당을 배경으로 촬영되었다. 마음을 졸이며 본 영화 속 익숙한 풍경이 눈앞에 펼쳐지니 반가움이 밀려왔다. 『대부 III』에서도 마이클과 케이가 시칠리아에서 재회해 마을을 거니는 장면에 이 성당이 다시 등장한다. 이후 영화의 클라이맥스인 복수 장면은 팔레르모의 마시모 극장*Teatro Massimo*에서 촬영되었지만, 포르차 다그로의 성당은 여전히 시리즈 전체를 관통하는 상징적 무대로 남았다. 이곳은 『대부』의 서사를 잇는 기억의 장소이자 정서적 고향처럼 느껴졌다.

많은 사람들은 영화 『대부』를 얘기할 때 테마곡 「대부의 왈츠*The Godfather Waltz*」를 떠올린다. 그런데 내 기억에 이보다 더 깊은 울림으로 남은 음악이 있다. 『대부 III』의 클라이맥스 장면에서 대사 한마디 없이 오롯이 선율로 모든 복잡한 감정을 풀어낸 「카발레리아 루스티카나」의 인터메초다. 무대와 음악 그리고 액션이 서로 얽히며 고조된 리듬 속에서 이야기는 절정으로 치닫고, 정교하게 조율된 긴장은 영화사에 길이 남을 장면을 완성했다. 타오르미나의 원형극장을 찾았을 때 문득 정명훈의 지휘를 떠올리며 감동 속으로 조용히 잠겨 든 이유였을 것이다.

우리가 성당을 둘러보고 밖으로 나오자 악기를 든 사람들이 하나둘 계단 앞으로 모여들더니 연주를 시작했다. 고등학생으로 보이는 청년부터 60세가 넘어 보이는 노인까지 한데 어우러진, 그야말로 동네 악단이었다. 관광객을 위한 영화 속 악단의 재현처럼 보였다. 그럼에도 전혀 어색하지 않았던 건 이탈리아 사람들 특유의 끈끈한 가족애와 따뜻한 공동체 분위기 덕분이었을 것이다. 특히 시칠리아는 전통을 각별하게 여겼고, 작은 시골 마을에서는 그러한 성향이 더욱 두드러졌다. 포르차 다그로의 사람들을 보며, 우리가 잃어버린 어떤 것을 이들은 아직도 소중하게 간직하고 있다는 생각에 부럽기도 하고 한편으론 씁쓸했다. 방학이면 친척들이 있는 시골로 가서 사촌들과 시끌벅적하게 어울리던 어린 시절의 아련한 기억이 문득 떠올라 코끝이 시큰해졌다.

포르차 다그로를 더 둘러보고 싶었지만 시간에 쫓겨 서둘러 구경을 마치고 노토로 출발했다. 비록 마을을 구석구석 돌아보지 못했지만, 중세 랜드마크를 둘러보고 아름다운 풍경을 감상하며 지역의 전통을 엿보다 보면 이 매력적인 마을에는 누구나 공감할 만한 무언가가 있다는 느낌이 들었다. 낯설지만 이상하게 마음의 고향처럼 느껴지는 그리운 마을이다. 콜레오네 마을을 대체할 촬영지를 찾던 코폴라 감독이 포르차 다그로에서 무엇을 느꼈는지 조금은 이해할 수 있을 것 같았다.

포르차 다그로에서 노토까지는 차로 두 시간 정도 소요되었다. 노토로 이동하는 동안 푹 쉬려고 눈을 감았지만, 쉬이 잠이 오지 않았다. 대신 영화 속 등장인물들의 복잡한 감정선이 하나씩 떠올랐다. 영화 속 장소에 직접 와서 그런 걸까? 다음에 영화『대부』시리즈를 본다면 등장인물들의 섬세한 감정선을 더 잘 따라갈 수 있을 것 같았다.

(16) 포르차 다그로 마을 풍경

(17) 영화 『대부』 시리즈 전체를 관통하며 서사를 잇는 무대인 포르차 다그로 마을 성당 앞

VIA
ROMA
VIA
ROMA

Chapter 2

예술과 문명의 층위를 걷다

(18) 오래된 농장 저택을 개조한 일 산 코라도 리조트

#6.
발 디 노토,
일 산 코라도 디 노토에서의
휴식

황금의 도시 노토와 일 산 코라도 디 노토

늦은 오후에 도착한 노토는 '황금빛 도시'라는 별명에 걸맞게 도시 전체가 따스한 금빛으로 물들어 있었다. 1693년 대지진 이후 다시 지어진 이 도시는 인근에서 채취한 연한 석회암으로 건축되었는데, 이 돌은 시간이 흐를수록 더 따뜻하고 부드러운 색으로 변한다고 했다. 햇살을 머금은 석조 건물들은 늦은 오후가 되면 황금빛을 반사하며 도시 전체를 따뜻한 색감으로 감쌌다. 금빛 석재로 지어진 건물들이 햇살을 받아 따스하게 빛났고, 섬세한 조각과 발코니들이 거리를 수놓았다.

시칠리아는 오랜 시간 여러 문화권의 지배를 받았기 때문에, 이제껏 보이온 도시마다 건물과 유적에 다양한 시대 양식이 혼재되어 있었다. 하지만 노토는 달랐다. 바로크 건축과 예술로 도시 전체가 통일된 인상을 주었으며, 특유의 여유로운 분위기와 아름다운 자연 덕분에 해마다 수많은 여행자가 이곳을 찾는다고 했다.

우리는 마을 구경을 내일로 미루고 일 산 코라도 디 노토*Il San Corrado di Noto* 리조트로 향했다. 정문에 도착하자 매니저가 직접 나와 우리를 맞이했다. 함께 나온 직원이 건넨 웰컴 드링크와 시원한 물수건으로 잠시 땀을 식히는 동안, 매니저는 리조트의 역사와 각종 시설에 대해 친절하게 설명해 주었다.

해안선에서 약 10킬로미터 떨어진 고급 리조트는 감귤나무와 올리브나무로 된 숲에 둘러싸여 조용하고 프라이빗한 분위기를 자랑했다. 단층 스위트룸만으로 구성된 객실은 40개 미만이며, 제일 작은 객실조차 30평은 족히 되어 보였다. 모든 객실은 중정과 이어져 있었고, 그 공간은 수영장과 맞닿아 있어 자연스러운 흐름 속에서 고요한 휴식을 즐길 수 있었다.

2021년 오래된 농장 저택 '마세리아*Masseria*'를 개조해 만든 리조트는 시칠리아의 전통 색채와 현대적 편안함이 자연스럽게 어우러졌다. 객실 내부는 현대적인 고급 가구와 원목 바닥, 트라버틴*Travertine* 대리석으로 꾸며져 있었다. 트라버틴은 석회수가 침전되며 형성된 천연 대리석으로, 고대 로마 시대부터 써온 재료다. 부드러운 질감과 따뜻한 색감이 인상적이었다. 유럽에서 보기 드물게 객실이 아주 넓었으며, 스파와 피트니스 센터 등 고급 편의 시설들이 잘 갖춰져 있었다.

우리는 짐을 풀자마자 거실 밖 중정 선베드에 나란히 누워 이탈리아 스파클링 와인인 프로세코를 마셨다. 바람과 햇살이 어우러진 여유로움이 이어졌다. 호화롭고 편안한 숙소 그리고 한잔의 스파클링 와인은 긴 이동 끝에 쌓였던 긴장을 스르륵 녹여 주었다. 저녁 식사는 리조트 안 레스토랑에서 가벼운 메뉴로 선택했다. 간단하지만 현지 재료를 활용한 요리들이 만족스러웠다. 노토에서의 첫날 밤은 분주했던 하루를 뒤로 한 채, 고요한 휴식 속으로 차분하게 스며들었다.

여행을 함께하다 보면 간혹 일행들과 마음이 엇갈리는 순간이 찾아온다. 각자 다른 일상 속에서 길러 온 습관과 기대가 달라, 서로의 보폭을 맞추기까지 시간이 필요한 것이다. 쉬어 가는 일도 마찬가지였다. 늘 분주한 생활에 익숙하다 보니, 처음에는 느긋하게 머무는 법이 쉽지 않았다. 하지만 그날만큼은 달랐다. 편안한 리조트의 분위기와 더불어 지중해 햇살과 한결 느린 시간의 흐름 덕분에 오랜 피로와 번민이 말끔히 씻겨 내려가는 듯했다.

오르티자에서의 쿠킹 클래스

아름다운 자연 속에서 정성스럽게 마련된 아침 식사는 행복한 하루를 시작하는 설렘을 준다. 리조트의 조식은 콘티넨털 스타일, 잉글리시 스타일 그리고 토종 치즈를 곁들인 이탈리아식 메뉴가 준비되어 있었다. 메뉴는 다른 호텔들과 별다를 게 없었지만, 직접 재배한 식재료를 시용해서인지 한 끼의 정성이 느껴졌다. 붐비지 않는 공간과 세련된 인테리어에서 편안한 식사를 위한 세심한 배려를 느낄 수 있었다.

식사를 마친 우리는 쿠킹 클래스 선생님과 약속한 장소인 시라쿠사*Siracusa*의 오르티자*Ortigia* 시장으로 향했다. 현지인에게 소울 푸드 레시피를 배우는 것만큼 그 지역을 잘 느낄 수 있는 방법은 없을 것이다. 더구나 여행지가 이탈리아 아닌가. 그래서 시장에서 함께 장을 보고 요리를 만드는 쿠킹 클래스를 출발 전부터 계획했다. 약속한 시장에 도착하니 어깨까지 내려오는 갈색 곱슬머리에 아담한 체구를 가진 선생님이 기다리고 있었다. 전형적인 남부 이탈리아인으로, 다정한 성격에 붙임성도 좋아 쉽게 친해질 수 있었다.

오르티자 시장은 장을 보는 사람들로 붐볐다. 시장을 누비는 동안 우리는 마치 어미를 따르는 새끼 오리들처럼 선생님을 놓칠까 꼭 붙

(19) 오르티자 시장 채소 가게

어 따라다녔다. 먼저 어물전에 가서 요리의 주재료인 오징어와 바지락조개를 샀다. 그리고 빵가루와 마늘, 레몬, 파슬리, 파마산 치즈 등의 부재료도 구입했다.

생선 가게와 과일 가게를 지나자 채소류, 견과류, 집에서 만든 듯한 각종 치즈들이 좌판에 놓여 있었다. 색다른 채소와 과일, 향신료가 놓인 좌판을 제외하면 오르티자 시장은 우리나라의 여느 재래시장과 비슷했다. 나는 그 나라 사람들의 가식 없는 모습과 인심을 볼 수 있어서 시장을 좋아한다. 물론 나라마다 시장의 분위기는 살짝 달랐다. 북유럽의 야외 시장은 대체로 차분했다. 그러나 시칠리아의 시장은 시끌벅적해서 치열하게 살아가는 사람들의 생동감이 진하게 느껴졌다.

재료를 구입하고 도착한 곳은 바다를 향해 길게 늘어선 부둣가의 4층짜리 연립 건물이었다. 선생님 소유의 건물로, 대부분은 사무실로 임대하고 4층 중 일부만 사용하고 있다고 했다. 삐걱거리는 엘리베이터에서 내려 거실로 들어서니 가구와 장식품 들에 세월의 흔적이 배어 있었다. 피아노를 포함한 모든 가구가 100년은 족히 넘은 것 같았다.

창 너머 배들이 정박해 있는 부둣가가 보였다. 큰 부두가 아니어서 배의 크기가 고만고만했다. 배를 오르내리며 분주히 움직이는 사람들을 바라보고 있자니, 나는 여행자인 채 누군가의 일상 한가운데 있다는 사실을 실감하게 되었다. 오르티자의 풍경은 정지된 그림 같았지만, 그 속에 담긴 삶은 여전히 현재 진행형이었다.

집을 간단히 구경한 뒤 주방으로 들어가 본격적으로 요리를 시작했다. 우리는 선생님 주변에 옹기종기 모여 진지한 표정으로 집중했다. 첫 번째 메뉴는 칼라마리*Calaman*였다. 우리나라 분식집에서 파는 오징어 튀김과 비슷한 음식이다. 선생님이 먼저 시범을 보인 뒤, 손질한 오징어와 튀김옷 재료를 각각의 그릇에 담아 나눠 주었다.

"오늘은 남편이 요리해서 아내에게 대접하는 게 어떻습니까? 아내들은 손 하나 까딱하지 말고 구경만 하시기 바랍니다."

평소 같았으면 이 핑계 저 핑계를 대며 빠져나가려 했을 남편들이 이날만큼은 정신을 바짝 차리고 팔을 걷어붙였다. 우리가 오징어에 튀김옷을 입히면 선생님이 프라이팬에 조심스럽게 튀겨냈다. 잘 튀긴 뒤에는 기름을 빼고 접시에 담아 레몬으로 장식했다. 스스로가 대견한 남편들은 만족스러운 표정으로 박수를 치며 완성을 자축했다.

"수고했어요. 이제 파스타를 만들어 볼까요?"

두 번째 요리는 봉골레 파스타였다. 신선한 조개와 마늘, 화이트 와인 그리고 파스타의 풍미가 어우러지는 고전적인 이탈리아 요리라고 했다. 우리는 조개를 하나하나 문질러 모래와 이물질을 제거했고, 두드려도 닫히지 않는 조개는 골라내어 버렸다. 대충 프라이팬에 재료를 넣고 볶으면 되는 줄 알았는데, 생각보다 손이 많이 가는 수고로운 작업이었다. 그 정성 덕분에 맛이 나는 거겠지 싶었다.

여러 종류의 파스타 면 중에서 링귀니를 사용했다. 봉골레와 가장 잘 어울리는 조합이라고 했다. 면을 삶는 법은 포장지에 적혀 있었지만, 우리는 제조사의 완벽한 조리법보다 선생님의 레시피에 집중했다.

   유럽의 고향, 시칠리아

"소스가 뻑뻑한 것 같으면 남겨둔 파스타 삶은 물을 조금 넣어서 풀어 주세요. 소금과 후추로 간을 하면 맛이 훨씬 더 깊어집니다."

선생님의 레시피대로 완성된 파스타를 각자의 접시에 나누어 담은 뒤, 잘게 썬 파슬리를 뿌리고 레몬 조각을 얹었다. 남편들이 우당탕 파스타를 만드는 동안, 선생님은 칼라마리를 마리나라*Marinara* 소스와 함께 식탁에 올렸다. 그러고는 냉장고에서 화이트 와인을 꺼내 왔다. 타오르미나에서 마셨던 카리칸테였다.

"지중해의 해산물 요리를 맛볼 수 있게 해 주신 선생님을 위하여 건배, 살루테!"

와인이 담긴 잔을 높이 드는 그 순간만큼은 오르티자에 사는 지인의 집에 초대받은 손님이자 아내를 위해 만찬을 준비한 호스트가 된 기분이었다. 무척이나 시칠리안스러웠던 하루를 위하여도, 다시 한번 살루테!

(20) 쿠킹 클래스 시식을 위해 차려진 선생님 집의 식탁

#7.
오르티자,
2700년을 거슬러 간
시간 여행

시라쿠사의 중심 오르티자

이번 시칠리아 여행을 계획하면서 예전 직장에서 친하게 지내던 이탈리아 친구에게 조언을 구했다. 대략적인 일정과 이동 동선을 보여 주자, 그는 시칠리아의 역사를 고대부터 근대까지 한눈에 볼 수 있도록 볼 수 있도록 잘 구성된 여정이라고 했다. 그중에서 특히 오르티자 투어는 놀라운 시간 여행이 될 것이라고 말해 기대가 컸다.

오르티자는 시라쿠사 시내 동쪽에 자리한 작은 섬으로, 고대 시라쿠사의 발상지이자 심장부였다. 기원전 8세기, 코린토스 출신 그리스인들이 이곳에 새로운 국가를 세우며 서양 문명의 한 축을 이루었다. 이 섬은 그리스, 로마, 비잔틴, 아랍, 노르만 등 다양한 문명이 스쳐 간 흔적을 고스란히 품고 있었다.

오르티자의 거리에는 폐허가 된 고대 아폴로 신전과 아테나 신전 위에 세워진 시라쿠사 대성당처럼, 시간의 겹을 선명하게 볼 수 있는 유적으로 가득하다. 석회암으로 지어진 건물은 햇살을 받아 부드러운 황금빛을 띠었고, 복잡하게 얽힌 골목길은 마치 시간의 미로를 걷는 듯한 느낌을 들게 한다. 작은 광장과 고풍스런 분수, 바다로 열려 있는 좁은 골목들은 고요한 풍경 속에서도 역사의 깊이를 느끼게 했다. 오르티자는 시칠리아의 찬란한 과거와 현재가 겹쳐지는 특별한 곳이었다.

시라쿠사는 한때 아테네와의 전쟁에서 승리할 만큼 강력했던 고대 그리스의 폴리스였다. 이런 시라쿠사의 중심에 위치한 섬이 바로 오르티자다. 면적이 1제곱킬로미터밖에 안 되는 작은 섬으로 해안선 둘레

(21) 오르티자 해안 칼라로사

를 따라 도는 데 한 시간도 채 걸리지 않는다. 수정처럼 맑은 바닷물에 둘러싸여 본토와는 다리 하나로 연결되어 있다. 섬에서 가장 유명한 해변은 칼라로사*Cala Rossa*다. 붉은 바다라는 뜻의 이름은 포에니 전쟁 당시 로마군과 카르타고군이 이곳에서 맞붙으며 흘린 피로 바닷물이 붉게 물들었다는 전설에서 비롯되었다고 한다. 이름과는 달리 에메랄드빛의 바닷물은 맑고 푸르렀다. 이 외에도 섬의 곳곳에는 작은 해변과 바위 절벽들이 즐비하여 신비로운 분위기의 신화를 떠올리게 했다.

　시칠리아는 기원전 8세기경 고대 그리스인들이 정착한 이후로 무수한 정복자의 지배를 받아 고대부터 근대에 이르는 유럽의 역사가 박물관처럼 온전히 보존되어 있었다 그중에서 오르티자는 고대 그리스와 로마의 유적, 아랍과 바로크 건물, 전통 시칠리아 주택이 다채롭게 조화를 이룬다. 2,700년의 시간을 한눈에 보여 주는, 놀라운 역사의 현장이다. 중심가를 가로지르는 넓은 길은 중세 이후 새로 구획된 거리로, 그 양옆의 건물들이 대부분 바로크 양식으로 지어진 점이 이를 증명한다. 하지만 이곳에서 조금만 벗어나면 전혀 다른 시대가 모습을 드러낸다. 좁은 골목과 미로 같은 길이 이어졌고, 그 끝에서 고대 그리스와 로마의 흔적을 마주하게 된다.

　어떤 집들은 유적의 벽과 등을 맞대고 있었고, 오래된 대리석 기둥이나 벽돌을 떼어다 새 집을 지은 흔적도 보였다. 그것은 건축비를 아끼기 위한 선택이었을 수도, 혹은 오래된 유적이 생활공간과 자연스럽게 뒤섞인 결과였을 수도 있다. 다만 그 풍경 속에서 오랜 빈곤과 무심한 세월이 켜켜이 쌓인 시칠리아 역사의 또 다른 단면을 보는 듯했다.

이런 재사용*Spolia*의 문화는 고대 건축 요소를 단순히 재료로 소비한 것이 아니라, 과거의 시간을 현재의 삶 속으로 끌어안는 방식이기도 했다. 신전의 기둥과 로마 시대의 석재가 중세와 근대의 주거 공간 속에 스며들며, 오르티자는 폐허 위에 새로 세워진 도시가 아니라, 시간이 겹겹이 포개진 도시가 되었다. 이 풍경은 시칠리아의 오랜 시간 속에서 삶과 역사, 예술이 어떻게 공존해 왔는지를 보여준다.

고대 그리스 신전을 품은 바로크 대성당

두오모 광장*Piazza Duomo* 은 오르티자의 중앙 광장으로 섬의 심장부였다. 여기에 자리한 시라쿠사 대성당*Duomo di Siracusa*은 역사적으로나 건축사적으로 중요한 건물이면서, 동시에 놀라운 이야기를 간직한 공간이다. 겉으로 보면 바로크 양식의 웅장한 성당이지만, 내부에는 고대 그리스 도리스 양식 신전의 기둥 일부, 노르만 시대의 목조 천장 구조, 비잔틴 및 노르만 이후의 모자이크 흔적이 공존한다.

기원전 5세기경 이 자리에는 시라쿠사의 통치자 히에론 1세가 여신 아테나에게 바친 도리스 양식 신전이 있었다. 이 신전은 7세기 무렵 기독교 성당으로 바뀌었고, 9세기에는 아랍 세력의 지배로 인해 모스크로 개조되었다. 11세기에는 노르만 제국에 점령되며 다시 기독교 성당으로 전환되었고, 1693년 시칠리아를 강타한 대지진으로 파괴된 뒤 1753년, 바로크 양식으로 재건되어 지금의 모습을 갖추게 되었다.

외관은 바로크지만, 그 속에는 수천 년에 걸친 신앙과 권력, 문명과 시간이 층층이 쌓여 있다. 정복자가 바뀔 때마다 완전히 허물지 않고 뼈대는 그대로 둔 채 건물 내부와 외부를 개조했기에 시칠리아를 지배한 세력들의 흔적을 각기 다른 건축 양식을 통해 볼 수 있었다. 흥미로운 것은, 각기 다른 시대의 양식들이 무질서하게 뒤섞여 있는 것이 아니라, 오히려 한데 어우러져 의외의 아름다운 균형을 이루고 있다는 점이었다. 시라쿠사 대성당은 지금 그 존재 자체로 하나의 건축사적 타임캡슐이 되었다.

시라쿠사 대성당 안으로 들어가 하나하나 역사의 흔적을 보고 있자니 절로 탄성이 흘러나왔다. 그리스 신전은 보통 황금 비율로 세워진 기둥이 지붕을 떠받치는 구조로, 기둥 사이에는 열린 회랑이 형성되어 있고, 그 안쪽 셀라*Cella*라 불리는 공간에 신상이 모셔져 있다. 중세 때 성당으로 개조하면서 셀라는 물론, 그 주위를 감싸던 회랑까지도 안팎으로 모두 벽으로 막아 실내 공간으로 바꿔 놓았다.

한때는 하늘 아래 열린 공간이었던 회랑은 이제 성당의 벽 속에 감춰졌고, 원래 외부에 드러나 있었던 도리스식 기둥들이 지금은 성당 벽 안에 숨겨져 있는 듯한 구조가 되었다. 외벽과 내벽 사이에 감춰진 듯 이어지는 기둥과 공간은 고대 신전과 기독교 성당이 한 공간 안에 겹쳐져 있다는 사실을 실감하게 했다. 그리스 아테나 신을 모시던 셀라는 바로크 양식의 장식으로 치장된 미사 공간으로 바뀌어 전혀 다른 시대의 신앙을 떠받치고 있었다.

호화로운 천장화와 벽화, 대리석으로 만든 중앙 제단, 성경 이야기를 새긴 내벽의 조각들까지, 성당 내부는 장엄하고 화려했다. 외부는 고전 코린트 양식을 응용한 바로크 기둥과 세 개의 출입문, 상층부의 성인 조각상과 십자가 등으로 정교하게 꾸며져 있었다. 이러한 복잡하고 섬세한 조각들은 바로크 시대 이후 더 이상의 개조가 없었다는 사실을 말해 주는 듯했다.

(22) 고대 그리스 신전 위에 세워진 시라쿠사 대성당 내부

오랜 세월을 견디지 못한 탓일까. 아쉽게도 바로크 시대 이전의 지붕 구조는 대부분 사라졌다. 현재 성당의 지붕 외관은 주로 바로크 양식으로 재건되었지만, 내부 천장은 노르만 시대에 설치된 목조 구조가 그대로 남아 있어 당시의 흔적을 고스란히 보여준다. 고대와 중세, 바로크가 한 건물 안에서 교차하고 있는 셈이었다.

무심하게 방치된 아폴로 신전

시라쿠사 대성당을 중심으로, 바로크 양식의 우아한 궁전인 팔라초 베네벤타노 델 보스코*Palazzo Beneventano del Bosco*와 시청 건물인 팔라초 무니치팔레*Palazzo Municipale*가 나란히 자리하며 두오모 광장을 감싸고 있었다. 중앙 광장에서 조금 더 올라가자 기원전 6세기경에 지어진 고대 그리스 아폴론 신전이 보였다. 오르티자의 가장 오래된 유적인 아폴로 신전은 다른 건물들 사이에 무심하게 자리하고 있다. 잠시 발길을 멈춰 그 앞에 서 있자니, 마치 수천 년의 세월이 발끝에 와 닿는 듯했다.

오르티자 섬에는 고대 그리스와 로마의 흔적이 여전히 남아 있었지만, 그보다 훨씬 가까운 중세, 노르만, 비잔틴의 것은 상대적으로 흔치 않았다. 단순한 재난의 문제가 아니라 고대와 중세 이후의 건축 양식 차이, 그중에서도 재료와 구조가 달라짐에 따라 비롯된 결과였다.

고대 건축물은 석회암이나 대리석으로 만든 견고한 기초 구조 덕분에 지진이 잦은 시칠리아에서도 일부 살아남을 수 있었다. 반면, 섬세한 장식으로 화려함을 자랑하던 노르만-비잔틴 양식의 중세 건물들은 상대적으로 약한 기초와 가벼운 기와 지붕, 얇고 충격에 취약한 벽체 구조 탓에 복구조차 어려웠다. 많은 건물은 완전히 사라지거나 새로 들어선 건축물 아래에 묻혀 부분적인 흔적만이 남았다.

오르티자의 주요 거리는 비아 카부르*Via Cavour*와 비아 로마*Via Roma*다. 비아는 '거리'라는 의미인데, 카부르 거리는 이탈리아 통일의 중요 인물이자 사르데냐 왕국의 총리를 지낸 카밀로 카부르*Camillo Cavour*의 이름에서 유래되었다. 그리고 로마 거리는 고대 로마의 유산과 국가 정체성을 상징하는 의미로 로마를 향한 길이라는 이름이 붙었다. 이 길에는 상점, 카페, 레스토랑들이 즐비하게 모여 있었다. 또한 섬 곳곳에 위치한 미술관, 박물관, 극장들을 중심으로 일 년 내내 다양한 행사와 축제가 열리며 전통 음악과 요리를 선보였다.

두오모 광장에서 젤라또를 먹으며 주변을 천천히 훑어보았다. 면적은 작았지만 오르티자를 제대로 살펴보려면 하루는 족히 필요하다고 생각했다. 오래된 돌길 위로 스며드는 햇살과 느린 시간의 흐름이 마음을 묘하게 붙잡았다. 이곳에 한 달쯤 눌러앉아 살아도 좋겠다는 생각이 들었다. 떠나는 발길에 아쉬움을 담으며 다음 장소로 향했다.

(23) 무심하게 방치된 아폴론 신전

(24) 두오모 광장에 자리한 시라쿠사 대성당

#8.
네아폴리스 고고학 공원, 잊힌 시라쿠사의 영광

네아폴리스 고고학 공원

네아폴리스 고고학 공원*Parco Archeologico della Neapolis*은 기원전 5세기경 그리스인이 시라쿠사 인근에 조성한 '네아폴리스*Neapolis*'에서 이름이 유래했다. 네아폴리스는 고대 그리스어로 '새로운 도시'를 뜻하며, 기존 구시가지를 확장해 극장과 사당, 제사 공간 등 공공 건축 중심으로 설계한 도시 건축 방식의 흔적을 담고 있다.

이후 로마제국의 지배 아래, 그리스 양식의 건축물 일부는 로마식으로 개조되었다. 현재 공원에는 고대 그리스의 원형극장과 로마 원형경기장, 석회암 채석장, 제우스 신전 유적 등이 공존하고 있다. 고대 그리스의 도시 계획과 로마제국의 흔적이 한자리에 공존하는 이곳은 지중해 문명의 유산을 또렷하게 보여 주는 장소다.

네아폴리스 고고학 공원에서 가장 먼저 마주한 것은 허물어진 신전 터였다. 설명이 없었다면, 곧게 놓인 거대한 석재들이 제단의 일부였다는 사실조차 알아채기 어려웠을 것이다. 오랜 세월 동안 반복된 지진과 침략으로 인해 심하게 파손되어, 지금은 폐허에 가까운 풍경만이 남아 있었다. 히에론 2세의 제단*Ara di Hieron II*은 원래 너비 약 23미터, 길이 약 200미터에 달했던 세계 최대 규모의 제단이었다. 기록에 따르면, 한 번에 소 450마리까지 제물로 바칠 수 있었다고 한다. 종교 시설의 규모는 문명의 풍요로움을 보여 주는 척도라는데, 현재 남아 있는 제단의 흔적만으로도 충분히 압도적이었다. 햇살 아래 침묵을 지킨 채 누워 있는 돌들, 그 위에 겹쳐진 문명의 영광과 쇠락이 공존하는 풍경을 바라보며 나는 어느새 고요하고 깊은 상념에 잠겨 있었다. 제단 옆에는 기원전 5세기에 지어진 고대 그리스 원형극장 *Teatro Greco*이 있었다. 최대 1만 6000명을 수용할 수 있는 크기에 보존 상태도 훌륭해서 오늘날까지도 공연과 행사가 실제로 열리고 있는 살아 있는 유적이다. 세계에서 다섯 손가락 안에 꼽히는 규모라고 한다.

갑자기 의문이 생겼다. 정작 그리스 본토보다도 이곳 시칠리아에서 더 크고 장대한 유적들을 마주하게 되는 이유는 무엇일까? 여기에는 고대 그리스의 정치 구조와 관련이 있다. 고대 그리스는 하나의 통일 국가가 아니라 폴리스 단위의 독립된 도시국가들의 연합체였다. 기원전 8세기부터 6세기 사이, 다양한 이유로 본토를 떠난 그리스인들은 지중해 연안과 흑해 연안 곳곳에 새로운 폴리스를 건설했다. 시라쿠사도 그런 새로운 폴리스 가운데 하나였다. 한때는 아테네와의 전쟁에서 승리할 정도로 강력한 군사·경제적 세력을 자랑했다.

새로운 폴리스들은 스파르타와 아테네 간의 펠레폰네소스 전쟁 때처럼 패권을 놓고 다퉜기도 했지만, 외세가 침입하면 연합해서 대항하기도 했다. 같은 언어를 사용하고 같은 신을 믿었기 때문에 가능했다. 이러한 배경을 가졌기에 비록 서로 다른 도시국가였지만 '그리스인'으로서의 정체성을 유지할 수 있었다. 극장은 고대 그리스인들에게 사회적, 문화적으로 중요한 만남의 장소였다. 그래서 극장에 공연이 올라오길 모두 기다렸다고 한다. 오늘날 국내에서도 재해석되곤 하는 에우리피데스*Euripides*나 소포클레스*Sophocles*의 연극들이 이곳에 올려졌다니, 관객석에 앉아 울고 웃었을 고대의 관객들과 수천 년의 시간을 넘어 마주한 듯한 기분이 들었다.

로마 원형경기장, 채석장과 디오니시우스의 귀

고대 그리스 원형극장에서 조금 이동하니 로마 원형경기장 *Anfiteatro Romano*이 나왔다. 한 공간 안에서 그리스와 로마의 극장을 모두 마주할 수 있다는 사실 자체가 인상적이었다. 고대 그리스의 원형극장이 연극 관람을 위한 공간이었다면, 로마의 원형경기장은 투기장의 성격이 강했다. 콜로세움과 유사한 구조로, 주로 검투사들의 결투나 전차 경주 같은 격투와 오락을 목적으로 사용되었다.

다음에 간 곳은 피라디소 채석장 *Latomia del Paradiso*이었다. 당시 시라쿠사의 여러 건축물에 쓰일 석회암을 채굴하던 곳이었다. 채석장을 의미하는 '라토미아 *Latomia*'는 '돌'과 '절단'을 뜻하는 고대 그리스어에서 유래된 말인데, 고대 그리스와 로마 시대에는 채석장뿐 아니라 감옥으로도 활용되었다고 한다. 채석장 구역에서 가장 유명한 장소는 거대한 인공 동굴인 디오니시우스의 귀 *Orecchio di Dionisio*다. 기원전 4세기 시라쿠사를 통치했던 폭군 디오니시우스 1세의 이름을 따서 불리며, 그가 포로들의 대화를 엿듣기 위해 만들었다는 전설이 전해진다. 실제로는 17세기 화가 미켈란젤로 카라바조 *Michelangelo Caravaggio*가 이곳을 방문해 '디오니시우스의 귀'라 명명하면서 그 이름이 널리 알려졌다.

동굴의 높이는 약 23미터, 깊이는 절벽 쪽으로 약 65미터에 달했다. 사람의 귀를 닮은 듯 오목하게 휘어진 이 동굴은, 앞쪽의 좁은 입구에서 안으로 갈수록 점점 넓어지는 구조다. 덕분에 반사된 음파가 다시 입구로 되돌아오며, 아주 미세한 소리조차도 놀라울 만큼 선명하게 들린다고 한다. 우리도 동굴 안으로 들어서서 특유의 신비한 음향 효과를 체험하고자 했지만, 사실 수많은 관광객의 속삭임이 뒤섞여 알아들을 수가 없었다. 아마도 아침 일찍, 아무도 없는 동굴 안에서 혼자 속삭여 보아야 이 공간이 간직한 진짜 신비를 느낄 수 있을 것이다. 지배자의 이름을 딴 이 동굴은 권력이 소리를 통해 인간을 통제하려 했던 고대의 발상을 상징적으로 보여준다. 단순한 자연 동굴을 넘어, 이곳은 권력과 감시, 그리고 침묵과 긴장이 교차하던 공간이었다는 생각이 들었다. 돌무더기나 전설보다, 오히려 이렇게 별것 아닌 듯한 체험 하나가 더 오래 기억에 남았다.

시라쿠사의 유적은 그리스 본토에서도 쉽게 찾아볼 수 없는 장대한 규모와 빼어난 보존 상태를 간직해, 방문자의 기억 속에 오래도록 깊은 인상을 남겼다. 그리스의 위대한 수학자이자 과학자인 아르키메데스*Archimedes* 역시 이곳에서 태어나 평생을 연구와 발명에 바쳤다는 사실은, 시라쿠사가 한때 지식과 예술, 과학의 중심지였음을 증명한다.

기원전 1세기, 로마의 정치가이자 철학자 키케로*Cicero*는 "그리스의 모든 도시국가 중 시라쿠사가 가장 크고 아름답다."고 기록한 바 있다. 실제로 이 도시는 고대 지중해 지역에서 독보적인 위상을 자랑했다. 아테네와 겨룰 만큼 강력한 해양 도시국가였고, 시라쿠사의 전략가 헤르모크라테스*Hermocrates*와 군주 히에론 2세*Hieron II* 같은 인물들은 지중해 전역에 걸쳐 큰 영향력을 행사했다.

도시 곳곳에 흩어져 있는 신전과 극장, 제단 등의 유적을 마주할 때마다 화려했던 시절의 잔영이 지금도 또렷이 느껴졌다. 한때 바다를 누비며 철학과 수학, 예술의 꽃을 피웠던 시라쿠사의 찬란한 흔적은 수천 년의 시간을 건너 여행자의 마음을 사로잡았다.

(25) 히에론 2세의 제단

(26) 천국의 채석장, 디오니시우스의 귀

#9.
노토,
빛과 돌의
바로크 서사

포르타 레알레와 꽃 축제

그날 일정은 노토 시내였다. 시내만 둘러보는 데도 하루가 부족할 정도라고 해서 노토 외에는 다른 일정을 잡지 않았다.

오르티자가 고대 그리스에서 근대 유럽까지 시간의 층을 따라 걸어온 도시라면, 노토는 17세기의 한 장면을 온전히 간직한 도시였다. 오르티자에는 2,700년 유럽의 역사가 퇴적층처럼 켜켜이 쌓여 있어, 도리스 양식에서 바로크에 이르는 다양한 건축 양식이 한 골목 안에 공존했다. 반면에 노토는 1693년 대지진 이후 신도시 형태로 철저하게 계획된 이탈리아 바로크 도시로, 노토의 거리와 건물들은 마치 건축가가 도화지 위에 정성껏 그려낸 듯 정교하고 질서정연하게 배치되어 있었다.

놀라운 건 노토가 단순히 재건된 게 아니라 '이상적인 바로크 도시'로 설계되었다는 점이다. 중심 광장을 기준으로 행정, 종교, 귀족의 건물을 상징적 질서에 맞춰 의도적으로 배치했고, 해가 질 때 황금빛 석회암이 빚어내는 풍경까지 고려했다고 전해진다. 말 그대로 '계획된 아름다움'의 도시였던 셈이다. 바로크의 화려함과 절제된 아름다움을 겸비한 노토는 유럽에서 보기 드문 일관된 아름다움을 간직한 도시였다. 골목을 돌 때마다 나오는 건물들의 파사드가 서로 조화를 이루었고, 도시 전체가 하나의 커다란 건축 작품이었다.

숙소에서 버스를 타고 시내 방향으로 20분쯤 가자, 눈앞에 고대의 개선문처럼 생긴 아치형 기념비가 모습을 드러냈다. 노토의 상징적인 관문, 포르타 레알레*Porta Reale*였다. 이 문은 1838년, 당시 양 시칠리아 왕국의 군주였던 페르디난도 2세*Ferdinando II di Borbone*가 노토를 방문한 것을 기념해 세워졌다. 화려하진 않지만 고요한 위엄을 품은 아치형 문은 19세기 신 고전주의 양식을 바탕으로 한 후기 바로크적 감성을 담고 있었다. 문 위에는 탑, 사자, 펠리컨을 형상화한 세 개의 조각상이 놓여 있었다. 사자는 용기, 펠리컨은 새끼를 위해 자기 살을 찢는다는 고대 상징에서 유래한 희생, 탑은 도시의 수호를 뜻한다고 했다. 세 가지 상징은 단순한 장식이 아니라 오랜 세월 외세의 침략과 자연재해를 견뎌낸 노토 시민들의 공동체 정신과 정체성을 대변하고 있다.

흥미롭게도 포르타 레알레가 세워진 19세기 무렵은 유럽 귀족 중심의 정치 질서가 흔들리기 시작하던 시기였다. 국왕의 방문을 기념해 도시 입구에 문을 세운 역사적 사건이 어쩌면 절대 군주제의 마지막 자취일지도 모른다. 포르타 레알레를 지나 도시로 들어가는 순간, 과거의 권위와 현재의 일상이 나란히 어깨를 맞댄 듯한 기분이 스쳤다.

노토는 건축학적 탁월함과 역사적 깊이, 자연이 빚은 빛의 예술을 품은 보석 같은 도시로 불린다. 포르타 레알레를 지나 중심부로 들어서자마자 왜 그런지 실감할 수 있었다. 바로크의 걸작이라 불리는 궁전과 성당, 우아한 건축물이 마치 문화재를 전시한 야외 박물관처럼 광장을 둘러싸고 있었다. 황금빛 석조 파사드는 햇살에 반사되어 거리를 따뜻하게 물들였고, 각 건물마다 다른 섬세한 조각과 장식, 발코니 등은 장인 정신이 숨 쉬던 시대의 미학과 창의성을 고스란히 전해 주었다.

1693년 대지진이라는 참화를 겪고도 정제되고 조화로운 모습으

(27) 황금의 도시 노토로 들어가는 관문 포르타 레알레

(28) 인피오라다 디 노토

로 다시 태어났다는 사실은 노토의 아름다움에 큰 감동을 더해 주었다. 바로크의 화려함 속에 깃든 질서, 예술과 실용이 어깨를 나란히 하는 도시를 걷고 있다는 사실만으로도 특별한 경험처럼 느껴졌다.

지난날 화려했던 노토의 영광을 재현하려는 마음일까. 매년 5월이면 전 세계적으로 유명한 꽃 축제 '인피오라타 디 노토*Infiorata di Noto*'가 열린다. 축제 기간이면 노토의 중심가인 니콜라치 거리*Via Nicolaci*는 색색의 꽃잎으로 장식된 거대한 꽃 모자이크 카펫으로 뒤덮이는데, 가게마다 걸린 사진을 보니 그 모습은 마치 도시 위에 펼쳐진 거대한 그림처럼 경이롭고 화려하다. 퍼레이드와 공연, 거리 전시 등 다채로운 행사들이 축제 기간 동안 도시 전체를 물들이고 있었다.

1980년부터 시작된 인피오라타 디 노토는 해마다 새로운 주제에 따라 세계 여러 나라가 참여하는 꽃 축제로 성장했다. 우리나라도 여러 차례 참여한 적이 있다고 했다. 내가 찾은 시기는 9월이라 직접 보진 못했지만, 골목마다 걸린 사진 속 장면들만으로도 축제의 생동감이 고스란히 전해졌다. 한 철 피고 지는 꽃으로 도시 전체를 하나의 작품처럼 피워 낸 노토는, 찬란했던 과거를 현재로 되살려 조용히 끌어안고 있었다.

바로크의 도시 노토

대지진이 일어나기 전에는 노토에도 시칠리아의 다른 도시들처럼 다양한 유럽 건축 양식의 건물들이 있었을 것이다. 하지만 지금은 흔적을 전혀 찾아볼 수 없었다. 가까운 오르티자에는 노르만, 고딕 양식의 요소를 가진 유적들이 드문드문 남아 있었지만, 노토에는 유럽 어디에서나 흔히 볼 수 있는 고딕 양식조차 찾아보기 힘들었다. 무너진 자리에 오롯이 자리 잡은 것은 바로크 양식뿐이었다. 유럽 대부분의 도시에서는 고딕 양식과 바로크 양식, 두 가지 대표적인 건축 양식을 동시에 볼 수 있지만, 노토는 예외였다.

고딕 양식은 엄숙함과 신성함을 상징하는 기하학적인 선과 조각에 중점을 두었고, 뾰족한 아치 형태의 창문과 골이 있는 둥근 천장, 그리고 스테인드글라스가 특징이다. 바로크 양식은 자유로움과 화려함을 상징하는 유기적인 선과 천장 그림에 중점을 두었으며, 연극적이고 장식적인 특징이 두드러진다.

신의 권위를 앞세워 인간을 초월하는 질서를 강조했던 교황권, 그리고 인간 중심의 통치 이념을 강조하는 쪽으로 발전한 왕권의 줄다리기 속에서 권력의 중심이 옮겨질 때마다 문화는 다른 결을 띠었다. 그리고 변화는 건축 양식이라는 눈에 보이는 형태로 세련되게 드러났다. 흐르는 시간 위에 문화와 권력이 서로 밀고 당기며 빚어낸 궤적을 바라보는 일은 실로 흥미로우면서도 깊은 사유를 안겨 주었다.

고딕에서 르네상스로, 그리고 바로크로 이어진 변화의 밑바탕에는 인간의 존엄과 감정을 회복하려는 문예 부흥의 정신이 있었다. 천 년 동안 억눌려 있던 인간성은 르네상스를 통해 되살아났지만, 노토에서는 그 이전의 유산마저 모두 역사의 뒤안길로 사라진 듯했다. 타임머신을 타고 오다 17세기에서 멈춘 듯한 느낌이 드는 것도 이 때문일 것이다. 노

  유럽의 고향, 시칠리아

토는 건축의 화려함 속에서도 엄숙함에 갇히지 않고, 오히려 자유로움과 인간적인 친근함을 품어냈다.

임마콜라타 광장*Piazza Immacolata*을 지나 조금 왼쪽으로 가니 노토 대성당*Cattedrale di San Nicolò (di Noto)*이 나왔다. '바로크 건축이란 이런 것이다!'라고 선언하듯 위용을 자랑하며 주위를 압도했다. 도로에서 중앙 계단을 따라 노토 대성당 입구로 올라갔다. 가까이서 보니 웅장하면서도 화려하게 장식된 외관에 절로 감탄이 나왔다.

대지진 이후 조반니 바티스타 란돌리나*Giovanni Battista Landolina*가 새 도시의 설계를 총괄했고, 빈첸초 시나트라*Vincenzo Sinatra*와 로사리오 갈리아르디*Rosario Gagliardi*, 두 건축가가 대성당 건축을 주도했다. 대성당 외부에서 정면으로 보면 정교하고 복잡하게 조각된 화려한 장식들이 제일 먼저 눈에 띈다. 옆에는 역동적인 움직임의 성자, 천사 등 종교적 인물의 조각상들이 있었다. 중앙부 우뚝 솟은 기둥 사이에는 거대한 정문이 있으며, 그 위에 우아한 채광창이 나 있었다. 재건 작업은 수년에 걸쳐 이루어졌고, 이후에도 여러 차례 다양한 복원 작업을 거쳤다. 세월에 따른 부식과 풍화 작용에 의한 문제를 해결하면서 대성당의 원래 건축학적 아름다움을 유지하는 일을 최우선으로 삼았다고 한다.

노토 대성당 안으로 들어가자 천장을 장식한 프레스코와 스투코 장식이 시선을 사로잡았다. 프레스코화 주변으로 화려한 건축적, 예술적 유행을 반영하는 바로크 양식의 장식들이 이어졌다. 중앙 본당은 화려한 치장 벽토, 금박 등으로 장식되었고, 본당 옆으로는 측면 예배당이

자리했다. 각 예배당에는 그림과 조각, 장식품 등 다양한 예술품이 소장
되어 있었다.

노토 대성당 내부의 하이라이트 중 하나는 아름다운 대리석 앙
상블의 제단이었다. 영성과 예술적 아름다움이 어우러진 아우라에 휩
싸이며, 왜 이 대성당이 노토의 랜드마크이자 예술적 유산의 상징인지를
온몸으로 실감할 수 있었다. 노토 대성당 내부로 들어오는 빛과 그림자
의 상호작용은 디자인의 전반적인 효과를 높여 주며 대성당을 방문하
는 사람들에게 감각적으로 극적인 경험을 선사했다. 수많은 관광객과
종교 순례자들이 끌리듯 이곳을 찾는 이유를 알 것 같았다.

두체치오 궁전과 몬테베르지네 성당, 산타 키아라 성당

노토 대성당에서 조금 걸어가자 시칠리아 바로크 양식의 정점을
보여주는 팔라초 두체치오*Palazzo Ducezio*가 나왔다. 화려한 발코니, 정교
한 조각 장식, 웅장한 중앙 계단 등 뛰어난 건축미를 뽐내는 팔라초 두
체치오는 현재 노토 시청*Municipio di Noto*으로 사용되고 있었다. 전시회와
다양한 문화 행사가 열리는 이곳은 과거의 유산과 현재를 연결하는 시
칠리아의 문화 허브 역할을 톡톡히 해내고 있었다. 과거와 현대가 조화
롭게 어우러진 독특한 경험을 선사하는 데 부족함이 없는 장소였다.

몬테베르지네 성당*Chiesa di Montevergine*으로 향하는 길을 따라 노토의
고요한 풍경이 이어졌다. 니콜라치*Via Nicolaci* 거리의 끝자락에 위치한 성
당은 1695년경에 지어졌다. 두 개의 우아한 종탑이 나란히 서 있는 파사

(29) 산타 키아라 성당 내부

드는 마치 시간이 멈춘 듯한 느낌을 주었고, 작은 계단을 따라 올라서면 정면의 곡선형 벽면이 유려한 인상을 남겼다.

　　내부는 비교적 소박했지만, 바로크 양식의 특징을 살린 프레스코화와 금박 장식이 적절히 어우러져 있었다. 부드러운 햇살이 창을 통해 흘러 들며 성당 안을 은은하게 감싸는 분위기 속에서 나는 잠시 조용히 앉아 오래된 신앙과 예술의 결을 되새겨 보았다.

　　동선은 산타 키아라 성당*Chiesa di Santa Chiara*으로 이어졌다. 건축가 로사리오 가글리아르디가 16–17세기 로마 교회에서 영감을 받아 설계한 바로크 양식의 건물로, 1758년에 완공되었다. 외관에서 가장 먼저 눈에 들어온 것은 두 개의 주두로 모서리가 장식된 단정한 종탑이었다. 안으로 들어서자 부드러운 빛이 내부로 흘러들며 정숙한 분위기를 자아냈다. 장식은 화려하지 않았지만 절제된 공간 속에서 고요한 균형을 만들어 냈다. 잠시 성당 안에 머무는 것만으로도 마음이 차분히 가라앉았다.

　　타원형 평면의 성당 내부는 간결하면서도 우아했다. 네 개의 대리석 제단이 벽을 따라 배치되었고, 중앙에는 신도들을 위한 의자들이 차분히 놓여 있었다. 각 제단은 두 개의 섬세한 기둥이 받치고 있었다. 왼편 제단에는 르네상스 조각가 안토넬로 가지니*Antonello Gagini*의 '성모 마리아와 아기 예수*Madonna con Bambino*' 조각상이 놓여 있었고, 오른편 제단에는 살바토레 로 포르테*Salvatore Lo Forte*가 1854년에 그린 '성 베네딕토와 성 스콜라스티카'의 회화가 자리하고 있었다. 성자들의 조각과 회화들 모두 조용히 제자리를 지키는 가운데 나는 한동안 말없이 머물렀다.

노토 시내 구경을 마치고 추천 받은 카페 시칠리아*Caffè Sicilia*로 향했다. 대기가 상당히 길었는데, 손님의 대부분이 미국인 관광객이었다. 넷플릭스의 「셰프스 테이블*Chef's Table*」에서 소개된 후로 노토를 방문하는 미국인들에게 필수 코스가 되었기 때문이란 걸 나중에 알았다.

샐러드와 스프 그리고 베이커리 종류의 디저트로 구성된 시그니처 메뉴를 주문했는데, 솔직히 기대한 만큼의 감흥은 없었다. 새로운 음식을 보면 호평을 아끼지 않는 편이지만 이번 여행에서 먹은 다른 음식과 비교해서 좋은 점수를 주기엔 부족했다.

카페 시칠리아에서 시간이 지체된 관계로 원래 계획이었던 빌라 델 텔라로*Villa del Tellaro*와 벤디카리 자연 보호 구역*Riserva di Vendicari*는 생략할 수밖에 없었다. 빌라 델 텔라로는 다음 행선지인 빌라 로마나 델 카살레*Villa Romana del Casale*와 비슷한 로마 유적지여서 별 아쉬움이 없었지만, 벤디카리 자연 보호 구역은 아름다운 야생과 깊고 푸른 바다, 빽빽한 식물들이 어우러진 독특한 풍경이라고 하여 아쉬움이 남았다.

그렇지만 여행이 차질 없이 계획대로 진행된다면 집에서 가상 현실로 하는 여행과 뭐가 다를까!

(30) 노토 대성당

Chapter 3

그리스·로마 유적과의 대화

(31) 자연과 맞닿아 있는 베르두라 리조트 객실 거실

#10.
카살레,
1700년의 타임캡슐
빌라 로마나

모자이크 장식과 벽화

차로 두 시간을 달려 도착한 곳은 시칠리아 남동부 깊숙이 자리한 언덕 마을, 피아차 아르메리나*Piazza Armerina*였다. 고요한 풍경 속에 자리한 작은 도시는 선사시대까지 거슬러 올라가는 긴 역사를 간직하고 있었다. 로마제국의 번영기부터 비잔틴, 아랍, 노르만, 스페인 지배에 이르기까지 오랜 세월 동안 다양한 문화와 문명이 이곳에 흔적을 남겼다.

특히 고대 로마 시대의 유산인 '빌라 로마나 델 카살레*Villa Romana del Casale*'는 이 작은 마을을 세계적으로 유명하게 했다. 언덕을 따라 이어진 좁은 골목과 아기자기한 광장, 곳곳에 남아 있는 옛 성벽과 성당들은 긴 시간 동안 이어져 온 삶의 순결을 오늘도 조용히 들려주고 있다.

빌라 로마나 델 카살레는 1997년 유네스코 세계 문화유산에 등재되었으며, 현존하는 로마의 모자이크 중 세계에서 가장 정교하고 예술적인 작품이 대부분의 방을 장식하고 있다. 약 3,500제곱미터에 달하는 모자이크의 면적과 그 화려함은, 로마제국 전역의 다른 고대 모자이크 유산들과 비교해도 단연 돋보인다. 60여 개 중 40여 개의 방은 바닥이 모자이크로 장식되어 있으며, 나머지 방은 벽화로 장식되었다.

각 방은 당시 로마의 생활과 문화를 보여 주는 풍부한 자료로 가득했다. 세계 각지에서 온 관람객들이 너무 많아서 방마다 자세히 감상하기란 불가능했다. 게다가 꼼꼼히 살펴보려면 하루 종일 구경해도 시간이 부족해 보여 되도록 말을 줄이고 감상하는 일에 최대한 집중했다. 빌라 로마나 델 카살레의 모자이크들은 단순한 장식을 넘어 그리스·로마 신화와 일상, 사냥과 여가 등 다채로운 주제를 담고 있었다. 그리고 각 인물의 표정과 동작이 놀라울 정도로 정교하게 표현되어 당시 로마인의 세계관과 미의식을 엿볼 수 있었다.

프레스코화의 보존 상태도 나쁘지 않았지만, 화려한 모자이크 장식은 경이로움 그 자체였다. 처음 사진으로 봤을 때는 타일 조각으로 만든 거라고 생각했다. 그래서 로마 시대에는 자기를 굽는 기술이 아직 없었을 텐데, 어떻게 이토록 정교한 표현이 가능했을지 궁금해졌다. 그런데 직접 현장을 찾아가 들여다보니, 색깔이 다른 천연 돌 조각들을 하나하나 정성껏 짜맞춘 것임을 알 수 있었다.

이 거대한 모자이크들은 오랜 세월이 지났음에도 변색이나 훼손의 흔적이 거의 보이지 않는다. 산사태와 홍수 때문에 오랫동안 묻혀 있다가 19세기에 재발견된 뒤 20세기에 와서야 발굴 작업이 이루어졌기 때문이다. 말 그대로 1,700년 전의 타임캡슐이었다. 유적을 본 뒤로 로마의 역사는 책 속의 기록이 아니라 살아 있는 시간처럼 느껴졌다. 모자이크에 당시 사람들의 생활상이 놀라울 만큼 생생하게 그려져 있었으니 말이다. 현장에서 마주한 모자이크들에는 사진이나 책으로는 절대 전달되지 않는 실재감이 고스란히 담겨 있었다. 어떤 장면 앞에서는 발걸음을 멈춘 채 한참을 바라보았다. 찬란했던 제국의 일상이 수천 년의 시간을 넘어 지금 이 자리에서 생생하게 되살아나는 듯했다.

특히 '대사냥 회랑*Ambulacro della Grande Caccia*'이라 불리는 모자이크는 길이만 64미터에 달하는데, 인도와 아프리카에서 희귀한 동물을 사냥

(32) 전차의 회랑

해 로마로 보내는 장면을 극적으로 묘사하고 있었다. 등장인물들의 근육, 땀방울, 말과 낙타의 움직임까지 생생하게 살아 있어, 제국의 광활함을 자랑하던 귀족들의 시선을 실감하게 했다.

'열 명의 소녀의 방*Sala delle Dieci Ragazze*'도 유명한데, 오늘날의 비키니 수영복과 흡사한 복장을 입고 공놀이와 운동 경기를 즐기는 젊은 여성들의 모습이 그려져 있었다. 금발의 서유럽형 인물부터 짙은 피부의 여인까지, 다양한 외모와 체형의 인물이 등장하는 이 장면은 당시 로마제국이 얼마나 다문화적이고 개방적인 사회였는지를 보여준다. 로마는 전성기에 수많은 노예와 자유민, 이민자를 포용했던 대제국이었다.

고대 로마의 난방 기술 히포코스트

놀라운 것은 주거 공간뿐 아니라 실내 온수 목욕탕, 도서관, 탈의실, 사무 공간, 창고 등 다채로운 기능 공간이 완비되어 있었고, 바닥에는 고대 로마의 난방 기술인 히포코스트*Hypocaust*가 적용되어 있었다. 히포코스트는 바닥과 벽 사이를 가열하는 방식으로, 온돌과 유사한 구조다. 근처 산에서 끌어온 물을 이용한 상하수도 설비와 폐수를 배출하는 배관까지 갖춘 모습은 고대 로마 기술 수준의 정점을 보여 줬다.

목욕 공간도 남녀용으로 나뉘었고, 탈의실*Apodyterium*과 냉탕*Frigidarium*, 온탕*Tepidarium*, 열탕*Caldarium*, 건식 사우나*Laconicum* 등 체계적인 구조를 갖추고 있었다. 목욕하는 곳이 단순한 위생 시설을 넘어 로마인들의 사교와 정치, 여가 활동의 중심이었음을 보여 줬다.

빌라 로마나 델 카살레를 지은 사람에 대해서는 여러 가설이 있었다. 막시미아누스*Maximianus* 황제 혹은 로마제국의 고위 귀족일 것이라는 견해가 지배적이었다. 제국의 권위와 부를 과시하기에 충분한 규모와 정교함, 생활의 섬세함이 어우러진 이 공간은 단순한 유적지를 넘어 로마 문명의 정수를 온몸으로 체감할 수 있는 장소였다. 그런데 정작 누가 무슨 이유로 지었는지 정확히 알 수 없다니, 참 아이러니했다. 아무튼 피아차 아르메리나는 로마보다도 오히려 더 깊고 섬세한 로마의 정서를 전해 주었다.

이곳을 더 둘러보며 당시 로마인들의 삶에 조금 더 교감하고 싶었지만, 다음 숙소에 너무 늦게 도착할 수는 없었다. 결국 아쉬움을 가득 품은 채 발걸음을 돌려 다시 길 위에 올랐다.

(33) 히포코스트 화덕

(34)빌라 로마나 델 카살레 '열 명의 소녀의 방'에 그려진 모자이크

(35) 대사냥 회랑

#11.
샤카,
베르두라 리조트에서의
쉼표

완전한 자유를 느끼게 한 베르두라 리조트

샤카*Sciacca*의 베르두라 리조트*Verdura Resort*에 도착했을 때는 이미 해가 진 뒤라 주변의 풍광을 자세히 볼 수 없었다. 긴 하루를 마무리하기 위해 빠르게 체크인한 뒤 간단하게 저녁 식사를 했다.

베르두라 리조트의 객실은 모두 해변에 접한 방갈로 스타일인데, 아주 아름다운 곳이라는 얘기를 들었기에 아침 풍경을 기대하며 잠자리에 들었다. 어둠이 짙게 깔린 바다 위에 비친 달빛은 고요 속에 은밀히 스며들어 잔잔히 흔들리고 있었다.

지저귀는 새소리를 들으며 일어나 보니 천국이 따로 없었다. 베르두라 리조트는 샤카 마을 근처 수십만 평 부지에 자리 잡고 있었다. 2킬로미터의 해안선을 끼고 올리브나무 숲, 오렌지나무와 레몬나무로 둘러싸여 있었다. 조용하고 평화로운 풍경은 아름다운 리조트에 특별함을 더했다. 두 개의 18홀 골프 코스, 테니스 코트 같은 스포츠 시설을 포함하여 전용 해변, 스파 등 손님들이 즐길 수 있는 다양한 시설과 프로그램이 잘 갖추어져 있었다. 모든 객실은 골프장의 페어웨이를 사이에 두고 해변과 마주 보고 있었다.

일부러 일정을 넉넉하게 비워둔 덕에 늦은 아침 식사를 한 뒤 티업 시간에 맞춰 골프장으로 향했다. 베르두라 리조트의 골프 코스는 주변의 아름다운 자연 풍광과 조화를 이루도록 설계되었으며, 페어웨이와 그린은 완벽하게 유지·관리되고 있었다.

짙은 녹색의 페어웨이를 걸으면서 느긋하게 평온함을 즐겼다. 새

(36) 페어웨이를 바라보는 객실 패티오

들의 지저귀는 소리, 해안에 부딪히는 파도 소리, 피부에 와닿는 온화한 태양의 온기 그리고 지중해의 속삭임을 싣고 부드럽게 얼굴을 감싸는 바람. 모든 것이 완벽하게 조화를 이루고 있었다. 인간이 자연과 일체가 되면서 느끼는 신비감, 골프라는 스포츠를 통해 얻는 자연과의 유대감, 일상에서 멀리 떨어져 있음을 느끼게 하는 이국적인 풍경. 오감으로 전해지는 경험들을 만끽하면서 꿈을 꾸는 듯한 기분에 행복으로 충만했다. 꿈을 꾸는 듯한 마법 같은 시간이 흘렀다.

라운딩을 마친 뒤 점심 식사는 클럽하우스에서 했다. 객실로 돌아와 베란다의 비치 체어에 몸을 기댔다. 클럽 하우스에서 마셨던 화이트 와인의 우아한 취기가 퍼지자 어느새 잠이 스르르 내려앉았다. 삼십 분쯤 흘렀을까. 눈을 뜨니 바로 앞 페어웨이에서 두 마리 갈매기가 연신 뭔가를 쪼아대고 있었다. 누군가 라운딩 중에 흘린 샌드위치 조각이었을까, 아니면 골프 카트에서 슬쩍 훔쳐온 걸까. 우리나라 골프장의 까마귀처럼 갈매기들도 골퍼들을 어떻게 따돌려야 먹이를 챙길 수 있는지 제법 요령을 터득한 듯했다.

남은 일정을 위해, 살루테!

저녁 식사까지 시간이 남아 자전거를 빌려 해안가를 돌아보기로 했다. 리조트에는 네 개의 레스토랑과 두 개의 캐주얼 바가 흩어져 있어서 걸어서 다니기엔 불편할 것 같았다. 저녁 식사는 미리 예약해 둔 씨푸드 레스토랑에서 먹기로 했지만, 다른 곳들도 궁금했다. 성수기가 지난

9월이라 여유가 있었고, 다음 날 저녁은 바에서 간단히 먹기로 해서 따로 예약을 해 두지 않은 상태였다. 그래서 이참에 미리 둘러보며 더 마음에 드는 식당이 있는지 찾아볼 생각이었다.

자전거를 타고 해변가를 달리니 골프 라운딩 때와는 또 다른 자유로움이 밀려왔다. 페달을 밟을 때마다 상쾌한 해풍이 얼굴을 스쳤고, 멀리 수평선 너머로 노을빛이 번져갔다. 몸도 마음도 한층 편안해지며 모든 긴장이 바람에 흩어지는 듯한 기분이었다. 굳이 어딜 향하지 않아도 좋았다. 식당을 찾는 건 어느새 뒷전이 되고, 그냥 어디로든 흘러가고 싶은 마음이 되었다.

예약해 둔 레스토랑은 사람들로 붐볐다. 입구에는 수족관이 있었는데, 생선을 직접 보고 주문하는 모양이었다. 얼마 지나지 않아 좌석을 안내받았는데 웨이터가 굉장히 친절했다.

와인을 먼저 시킨 뒤 식사는 조금 있다 주문하겠다고 했다. 웨이터는 웃으면서 메뉴를 자세히 보고 천천히 주문해도 된다면서 물어볼 것이 있으면 언제든지 알려 달라고 했다. 또 생선을 보고 싶다면 수족관 앞에서 설명해 주겠다고 덧붙였다. 그날도 와인은 카리칸테로 정했다.

스타터로 구운 문어, 굴, 토마토와 아보카도에 부라타 치즈를 얹은 카프레제를 시켰다. 그리고 메인 생선은 직접 보고 고르기로 했다. 웨이터와 같이 수족관에 가니 달고기, 쏨뱅이, 농어, 도미, 부시리, 랑구스틴, 숭어, 서대, 바닷가재 등 다양한 생선들이 있었다. 우리나라에서 흔한 종류는 빼고 달고기, 쏨뱅이, 랑구스틴을 주문하고 함께 나눠 먹기로 했다. 랑구스틴은 지중해에서 나는 가시발이 길게 달린 새우인데, 시칠리아에서는 맛이 좋아 고급 해산물로 쳤다. 지중해에서 건져 올린 신선한 해산물 요리가 나왔을 때 모두 탄성을 질렀다.

우리는 어둠이 짙게 내린 지중해를 바라보며 와인잔을 들었다.

"남은 일정도 즐겁게, 살루테!"

(37) 베르두라 리조트 골프 코스

(38) 베르두라 리조트의 씨푸드 레스토랑

#12.
아그리젠토,
신전의 계곡에서 들려오는
'황성 옛터'

일몰 속 그리스 신전들

다음 날도 오전에 골프를 치고 휴식을 충분히 취한 뒤, 늦은 오후에 아그리젠토*Agrigento*에 위치한 신전의 계곡*Valle dei Templi*으로 향했다.

신전의 계곡은 세계에서 가장 잘 보존된 고대 그리스의 중요한 유적지 중 하나로 인정받아 1997년에 유네스코 세계 문화유산으로 지정되었다. 계곡에 있는 신전은 아크라가스*Akragas*의 전성기에 지어졌다. 아크라가스는 그리스 식민지 개척자들이 시칠리아에 세운 폴리스로, 기원전 6세기경 설립되어 기원전 5세기에 번영했던 폴리스 중 하나였다. 도리스 양식의 신전들은 현재까지 잘 보존되고 있으며, 각 신전은 저마다의 고유한 이야기를 담고 있었다.

아그리젠토에 도착하니 현지 가이드가 기다리고 있었다. 이탈리아에서는 가이드 면허가 지역별로 발급되기 때문에, 이동할 때마다 안내자가 바뀌었다. 타오르미나와 시라쿠사에서는 남자 가이드의 설명을 들었는데, 이번에는 40대 중반 정도의 금발에 푸른 눈을 가진 여자 가이드가 나왔다. 이름은 '알리체'이며, 박사 학위를 가진 고고학자라고 자신을 소개했다. 이런 전문가의 안내를 받을 수 있다는 사실만으로도 행운처럼 느껴졌다.

인사를 나눈 뒤 구불구불한 언덕길을 따라 함께 계곡으로 향했다. 벌써 해가 기울기 시작했지만 9월의 늦은 햇살은 여전히 따갑게 내리쬐어 연신 손수건으로 땀을 훔쳐야만 했다. 이윽고 계곡에 다다르자, 고대 유적지가 지중해를 배경으로 파노라마처럼 펼쳐지며 숨이 멎을 듯한 풍경을 선사했다. 일몰 시간이 되자 한결 부드러워진 햇살이 오랜 세월을 버텨온 돌 위에 내려 앉으며 따스한 빛을 발산했다. 황금빛으로 물든 계곡은 지나칠 정도로 초현실적으로 느껴졌다. 마법에 빠져 고대 그리스를 여행하는 것만 같았다.

신전의 계곡 관람시간으로 늦은 오후를 추천하는 이유가 단지 한낮의 따가운 태양을 피하기 위해서라고 생각했다. 그런데 일몰의 몽환적인 분위기는 그게 전부가 아니라는 것을 일깨워 주었다. 아주 먼 옛날 이곳 사람들은 매일 이런 분위기 속에서 살았을 텐데, 일몰 시간만 되면 모두가 깊은 사색에 빠지지 않았을까. 그런 그들에게 철학이란 특별한 학문이 아니라 일상에 스며든 숨결이었을 것이다. 고대 그리스에서 철학이 꽃핀 것도 어쩌면 자연스러운 일이었을지도 모른다. 유적지는 제국의 흥망성쇠를 지켜보며 시간의 흐름을 돌에 흔적으로 남겼다. 그리스, 로마, 기독교의 영향이 서로 연결되어 있는 신전의 계곡은 역사적 서사의 독특한 용광로가 되었다. 이곳은 고대 그리스 문명의 위대함과 그리스 사람들의 신에 대한 존경심을 보여 주는 역사적 증거였다.

우리는 순식간에 과거로 이동하여 고대 그리스인들이 밟았던 그 길을 걷고 있었다. 그러다 문득 인사할 때 가이드의 외모가 남다르다고 느꼈던 게 생각났다.

"혹시 북유럽이 고향입니까?"

"아뇨, 시칠리아 토박이에요."

"그런데 외모가 남부 이탈리아 사람들과 다르네요."

알리체는 웃으며 부모와 오빠들은 모두 검은색 혹은 짙은 갈색의 머리카락과 눈을 가졌다고 말했다. 그런데 어떻게 금발에 푸른 눈인지 조심스럽게 물었더니 증조할머니가 금발에 푸른 눈이었는데, 아마도 11세기에 시칠리아를 정복했던 노르만족의 피가 섞인 것 같다고 웃으며 대답했다. 그러면서 시칠리아에는 자신과 같은 경우가 드물지 않다고도 했다. 피가 섞이면 양쪽 유전자의 중간적인 특성이 대물림될 줄 알았는데 꼭 그렇지도 않은 모양이다. 한두 세대를 건너 유전적 특성이 나타나는 경우도 있다고 했다. 개인적인 이야기를 더 묻는 건 실례 같아 화제를 다른 쪽으로 돌렸다.

헤라 신전과 콩코르디아 신전

먼저 투어의 출발점인 헤라 신전*Tempio di Giunone*에 도착했다. 기원전 5세기에 건립된 이 신전은 가족의 수호자이자 결혼과 다산의 여신인 헤라에게 헌정된 곳으로, 바위 꼭대기에 웅장한 모습으로 서서 도시를 내려다보고 있었다. 사원에 들어서니 고대의 의식과 의례의 메아리가 들려오는 것 같았다. 도리스 양식의 기둥은 비록 시간이 흘러 풍화되었지만 그럼에도 불구하고 여전히 신성한 은총의 아우라를 발산하고 있었다. 가족의 건강과 행복을 빌며 동쪽으로 걸음을 옮겼다.

다음은 기원전 440년경 지어진 콩코르디아 신전*Tempio della Concordia*이었다. 신전은 아몬드나무와 올리브나무로 둘러싸인 채 구불구불한 언덕을 내려다보고 있다. 조용하고 명상적인 분위기의 콩코르디아 신전은 세계에서 가장 잘 보존된 도리스식 신전 중 하나로, 현재도 건축 당시의 원형을 잘 유지하고 있었다.

콩코르디아 신전의 인상적인 기둥과 복잡한 조각은 고대 그리스의 건축적 기량이 얼마나 뛰어난지를 잘 보여 주었다. 앞쪽 6개와 옆쪽 13개의 기둥이 받치고 있는 신전의 대칭성과 우아함은 감탄스러웠다. '화합과 조화'를 상징하는 신전의 이름은 건물 자체의 균형 잡힌 아름다움뿐 아니라 신전을 감싸고 있는 평화로운 분위기와도 잘 어울렸다.

그러나 이 위대한 유산은 그 이름부터가 하나의 역설을 담고 있다. 겉보기에는 로마 여신 '콩코르디아_Concordia_'에게 바쳐진 신전 같지만, 실제로는 18세기 고고학자들이 신전 근처에서 발견한 로마 비문을 근거

(39) 콩코르디아 신전

로 붙여진 이름이다. 그 비문은 신전과 무관한 주변 로마 건축물의 일부였을 가능성이 크다. 이 신전이 본래 어느 신에게 봉헌되었는지에 대해서는 지금까지도 명확한 기록이 남아 있지 않다. 이름은 로마적이지만, 철저히 그리스적인 이 신전은 역사적 아이러니 속에서 오히려 더욱 고귀한 위엄을 발한다.

우리는 다시 방향을 서쪽으로 돌려 헤라클레스 신전*Tempio di Ercole*으로 향했다. 기원전 6세기경에 지어진 헤라클레스 신전 역시 언덕 위에서 지중해를 내려다보고 있었다. 몇 개 남지 않은 기둥만으로도 터의 규모와 우뚝 솟은 기둥의 크기를 가늠할 수 있었고, 한때 웅장하게 서 있었을 건축물의 위용을 어렵지 않게 상상할 수 있었다.

헤라클레스는 신 제우스와 인간 알크메네 사이에서 태어났다. 그의 삶은 제우스의 아내 헤라의 질투로 인해 고난이 끊이지 않았다. 결국 헤라클레스는 시련을 이겨냈지만, 헤라의 계략으로 광기에 사로잡혀 아내와 아들을 죽이고 말았다. 속죄를 위해 12년 동안 12가지 형벌을 감내한 뒤 마침내 용서를 받고 불멸을 얻었다. 그의 강인함과 용기는 웅장한 신전과 어우러져 방문객들에게 경외와 존경을 불러일으켰을 것이다. 남아 있는 기둥은 그의 인내를 상징하는 것처럼 느껴졌다.

그러나 이제 폐허가 되어 버린 신전과 아크라가스의 유적은 인간의 가장 위대한 업적조차 시간 앞에서 무상해진다는 사실을 말해 주고 있었다. 풍요로움을 자랑하던 이곳의 역사는 모두 흩어져 시간 속으로 스러지고 말았다. 번성했던 과거의 영광과 쇠락한 현재 시칠리아의 모습이 겹치며 문득 '황성 옛터'의 가사가 떠올랐다.

황성 옛터에 밤이 되니 월색만 고요해
폐허에 서린 회포를 말하여 주노라
아아, 외로운 저 나그네 홀로 잠 못 이뤄
구슬픈 벌레 소리에 말없이 눈물져요
성은 허물어져 빈터인데 방초만 푸르러
세상이 허무한 것을 말하여 주노라.
(...)
아아 한없는 이 설움을 가슴속 깊이 안고
이 몸은 흘러서 가노니 옛터야 잘 있거라.

너무나 인간적인 고대 그리스의 신들

디오스쿠리 신전*Tempio dei Dioscuri*은 계곡의 가장 서쪽 끝에 위치했다. 디오스쿠리는 그리스 신화에서 카스토르와 폴룩스로 알려진 쌍둥이 신이다. 둘 다 같은 어머니인 레다에게서 태어났지만 아버지가 달랐다. 필멸의 존재인 카스토르의 아버지는 스파르타의 왕 틴다레오스였고, 반신인 폴룩스의 아버지는 백조의 모습으로 레다를 유혹한 신 제우스였다. 헤라클레스도 사생아고 폴룩스도 사생아였으니, 제우스의 끝없는 바람기는 인간 세상의 슬픔과 전설을 쉼 없이 만들어 낸 셈이었다. 신화에 따르면 디오스쿠리 형제는 재산 분배를 놓고 사촌인 이다스, 린케우스 형제와 대결한다. 게다가 그들의 약혼녀인 프뢰베, 힐라에이라를 사랑하게 되어 납치하는데, 대결 끝에 카스토르가 죽자 폴룩스는 린케우스를 죽여 복수한다. 그러자 이다스가 폴룩스를 다시 공격하려 하고, 이때 제우스가 벼락을 내려 이다스는 죽고 만다. 이에 폴룩스는 자신의 형제 카스토르에게 자신의 불멸성을 나눠주라고 제우스에게 요청했다. 그리하여 두 형제는 하늘로 올라가 쌍둥이자리가 되었다.

인간처럼 감정을 느끼고 인간사에 간섭하는 그리스 신들은 참 인간적이라는 생각이 들었다. 그들이 남긴 이야기는 오늘날에도 인간의 욕망과 감정의 본질을 비추고 있었다.

제우스 신전*Tempio di Giove Olimpico*은 험준한 언덕을 배경으로 자리 잡고 있었다. 당시 규모가 가장 큰 도리스식 그리스 신전으로 건설되었지만, 완공된 적이 없다. 길이 100미터가 넘을 정도로 규모가 커서 재정적인 이유로 완공되지 못했다고 추측하는 사람들이 많지만, 정확히 밝혀진 것은 없다. 정치적인 문제나 종교적인 이유라고 추측하는 사람들도 있다.

쓰러진 기둥들과 흩어진 돌들은 과거의 영광과 신전을 건설한 문명에 대해 많은 것을 말해 주었다. 또한 유적의 크기만 봐도 여전히 경외심을 불러일으키기 충분했고, 건축 당시 설계자의 야심 찬 비전도 엿볼 수 있었다. 바람에 부서지는 햇살 아래 무너진 신전의 잔해를 바라보며 나는 영원할 것만 같던 인간의 꿈도 결국은 시간 앞에 겸허해진다는 진실을 조용히 되새겼다.

신전의 계곡에는 우리가 본 신전 이외에도 불의 신 헤파이스토스에게 바쳐진 신전*Tempio di Vulcano*과 치료를 기원하는 사람들이 방문하는 아스클레피우스 신전*Tempio di Asklepio*, 추수의 여신 데메테르에 헌정된 신전이었던 자리에 세워진 성 블라시우스 성당*Chiesa di San Biagio*도 있었다. 하지만 멀리 떨어져 있는데다 시간도 늦어서 이만하고 투어를 마쳐야 했다. 차도가 있는 동쪽으로 이동했을 즈음에는 해가 서쪽 바다 아래로 완전히 넘어가 어둠이 깔리기 시작했다. 조명에 비친 콩코르디아 신전이 저 멀리 보였다. 일몰 때보다 더 신비스러웠다.

유럽 문화의 근간, 그리스

많은 고대 그리스 유적이 이토록 잘 보존된 모습을 보니 정말 놀라웠다. 특히 이렇게 많은 신전들이 한데 모여 있는 곳은 그리스 본토에도 없지 않을까? 이곳은 고대 그리스인의 가치와 신념에 대한 독특한 통찰력을 한눈에 경험할 수 있는 장소로 아테네의 아크로폴리스에 견줄 만큼 깊은 감동을 주었다. 누구라도 이곳을 찾으면 고대 그리스인들의 문화적, 건축적 그리고 예술적 업적에 대해 깊은 존경심을 가질 수밖에 없으리라 생각이 들었다. 신에 대한 인간의 열망과 존경심이 담긴 신전들은 단순한 고고학적 유적을 넘어 시대를 초월한 유산으로 빛나고 있었다.

신전과 돌 하나하나에 각각의 이야기가 담겨 있는 신전의 계곡은 유럽이 기독교화되기 이전의 세계관을 경험하게 해 주었다. 그리스는 인간의 존엄과 자유를 추구하는 헬레니즘 문화의 본고장이다. 신화 속 신들은 인간과 친구가 되었고, 결혼도 했으며, 자식도 낳았다. 때로는 사랑하고, 질투하고, 분노했다. 신들도 인간과 다르지 않다는 이 사유는 곧 휴머니즘의 뿌리가 되었다. 이러한 휴머니즘 문화도 이를 계승한 마케도니아의 알렉산더 대왕이 동방 원정을 마친 뒤, 기원전 323년 세상을 떠나면서 서서히 막을 내렸다. 결국 기원전 146년, 그리스가 로마의 지배 아래 들어가며 그 정신 역시 한동안 역사 속에 잊혔다. 찬란했던 그리스 정신은 르네상스 시대에 이르러서야 다시 세상의 빛을 보게 되었다.

2000년도 넘은 긴 세월 때문일까? 유럽 문화라고 하면 우리는 로마와 중세 이후 지금까지 이어져 온 기독교 문화를 떠올렸다. 그러나 이번 신전의 계곡 투어는 기독교 이전 유럽 문명의 뿌리를 살펴볼 수 있는 소중한 시간이었다. 고대 그리스 문명이 얼마나 위대했는지, 르네상스 운동이 유럽 역사에 얼마나 깊은 영향을 끼쳤는지 익히 알고 있었다. 그런데 기독교 문화와 함께 오늘날 유럽 문명의 또 다른 축을 이룬 헬레니즘 문화와 유산들은 직접 접할 기회가 많지 않았다. 그러다 아그리젠토에 와서 직접 마주하고 보니 경이롭다는 말 외에는 달리 표현할 길이 없었다.

(40) 콩코르디아 신전 앞 이카루스 청동 상

(41) 헤라 신전

#13.
마르살라,
주정 강화 와이너리
투어

플로리오 와이너리

마르살라는 시칠리아 서쪽 끝에 자리한 고즈넉한 항구 도시였다. 고대 페니키아인들이 세운 무역항으로, 이후 수많은 제국의 손을 거쳤다. 오늘날 마르살라를 가장 특별하게 만든 것은 18세기 말 영국에 의해 세상에 알려졌던 마르살라 와인이다. 좁은 골목길과 낡은 와이너리, 소금빛 바다 풍경 속에서 마르살라는 여전히 시간이 빚어낸 깊은 향기를 고요히 품고 있었다.

와인 산지로 유명한 마르살라로 이동해서 와이너리를 한 군데 들렀다. 일반 와이너리는 이미 여러 번 가 본 터라 이번에는 디저트 와인을 생산하는 곳을 택했다. 통칭 '마르살라 와인'은 브랜디를 첨가해 만든 주정 강화 와인으로, 주로 디저트 와인처럼 마신다. 우리가 들른 곳은 플로리오 와이너리*Florio Winery*로, 자체 포도밭은 없고 주변 농가들과 계약을 맺어 포도를 미리 매입해 사용한다고 했다.

오래된 벽돌 건물과 포도향이 가득한 플로리오 와이너리는 마르살라 와인의 전통을 고스란히 간직하고 있었다. 투어는 숙성실부터 시작했는데, 수백 개의 오크통이 끝없이 늘어선 어둑한 공간에 오래된 와인의 향기가 가득 배어 있었다. 천천히 걸으니 와인이 나이 들어가는 시간을 함께 걷는 듯한 기분이 들었다.

테이스팅 룸에서 가장 먼저 '마르살라 수페리오레 돌체*Marsala Superiore Dolce*'를 맛보았다. 묵직한 캐러멜 향과 말린 과일의 달콤함이 입안을 감쌌다. 이어 맛본 '마르살라 베르지네*Marsala Vergine*'는 오랜 숙성 끝에 얻어진 깊고 견고한 풍미가 인상적이었다. 마지막으로 '마르살라 베르지네 솔레라*Marsala Vergine Solera*'를 맛보니, 고혹적인 견과류 향이 혀끝에 긴 여운으로 남았다. 와인에 가벼운 점심도 곁들였다. 신선한 참치 카르파초, 마르살라 소스를 곁들인 농어 구이*Branzino al Marsala*, 피스타치오 크림을 가득 채운 카놀리까지, 음식 하나하나가 와인과 자연스럽게 어우러졌다. 이곳에서는 음식도 또 하나의 예술이었다.

페어링한 화이트 와인은 시칠리아 토착 품종인 그릴로*Grillo* 포도로 만든 와인이었다. 플로리오 와이너리에서 생산한 것은 아니고, 인근 와이너리에서 가져온 와인이었다. 그릴로는 원래 마르살라 주정 강화 와인의 주요 품종이지만, 최근 강화 와인 수요가 줄어들면서 일반 레드

(42) 플로리오 와이너리 테이스팅

와인과 화이트 와인 생산이 더 많아졌다고 했다.

　마르살라 와인의 탄생 배경이 꽤 흥미로웠다. 18세기 후반, 프랑스와 전쟁을 벌이던 영국은 보르도 와인의 수입이 막히자 대체 와인을 찾아야 했다. 그래서 포르투갈에서는 포트 와인, 스페인 안달루시아에서는 셰리 와인을 가져왔다. 그리고 시칠리아 마르살라에서는 영국 상인 존 우드하우스*John Woodhouse*가 마르살라 와인을 가져와 세상에 알렸다. 이 와인들은 서로 다른 땅에서 태어났지만, 브랜디를 첨가한 주정강화 와인이라는 공통점을 지녔다. 긴 항해에도 와인이 변질되지 않게 하려는 이유 때문이었다. 하지만 세월이 흐르면서 단순한 대체품이 아니라 각자의 풍토와 문화 속에서 독자적인 풍미를 만들어 나갔다.

　전쟁의 고통 속에서도 인간은 여전히 향기로운 삶을 꿈꿨다. 그리고 오늘도 작은 기적의 결과를 잔 속에 담아 음미하고 있었다.

　식사를 마치고 테라스에 섰다. 붉게 빛나는 벽돌 건물, 살랑이는 포도밭 그리고 저 멀리 반짝이는 지중해. 이곳에서 우리는 단순히 와인의 풍미만이 아니라, 그 속에 녹아든 시간과 햇살, 바람까지 함께 느꼈다. 점심 식사를 마친 뒤, 우리는 또 다른 고대 그리스 유적지인 세게스타로 출발했다.

(43) 마르살라 중심가

(44) 플로리오 와이너리의 전통 숙성 셀러 내부

#14.
세게스타,
펠로폰네소스 전쟁의
흐름을 바꾼 도시

세게스타의 도리스식 미완성 신전

마르살라에서 차로 약 한 시간 거리에 위치한 세게스타*Segesta*는 고대 민족 엘리미인*Elimian*들이 세운 도시였다. 기원전 5세기경 강성했던 세게스타는 고대 그리스의 폴리스와 달리 독자적인 전통을 지니고 있었다. 비록 그리스인은 아니었지만, 시칠리아에 퍼진 문화적 위상을 드높이기 위해 도리스 양식으로 신전을 세우려 했다. 그러나 신전은 끝내 완공되지 못했다. 언덕 위에 남은 미완성 신전은 문명의 절정과 쇠락을 품은 채 지금도 고요한 감동을 전하고 있었다.

길게 이어지는 황량한 산등성이와 양떼를 풀어 놓은 구릉을 지나자 마침내 세게스타가 보였다. 버스에서 내리자 상쾌한 시칠리아의 공기 속에 은은하게 배인 시골의 향기가 코끝을 스쳤다. 조금 걸어 올라가니 구릉 건너편에 고대 그리스 신전이 바르바로산*Monte Barbaro*을 배경으로 우뚝 서 있었다.

기원전 5세기에 지어진 도리스 양식의 세게스타 신전*Tempio di Segesta*은 황금 비율에 맞춰 앞면 6개와 양쪽 측면 14개, 총 36개의 기둥으로 세워졌다. 세게스타에서 가장 상징적인 이 건축물은 보존 상태뿐 아니라 정확한 대칭 구조와 완벽한 건축 품질로 전 세계 최고의 그리스 유적으로 손꼽혔다. 세게스타 신전은 이제껏 시칠리아에서 본 고대 그리스 도시국가의 신전과 비교하면 몇 가지 특이한 점들을 가졌다.

첫째, 신전이 바닷가에 위치해 있지 않았다. 앞에 설명했듯이 그리스 사람들이 기원전 8세기에 시칠리아로 이주해 온 뒤 해안을 따라 도시국가를 건설했다. 그래서 지금까지 본 고대 그리스 유적들은 모두 해안가에 있었다. 그런데 세게스타는 내륙의 산악 지대였다. 세게스타는 고대 시칠리아의 토착 민족인 엘리미인들에 의해 세워졌으며, 그리스 도시국가처럼 보이지만 정치적 자치권은 상대적으로 제한적이었다.

엘리미족에 대한 흥미로운 이야기가 전해져 온다. 이들은 트로이 전쟁 후 시칠리아로 이주한 트로이인들의 후예라고 한다. 사실, 로마 건국 신화의 시조인 로물루스 역시 트로이의 왕자 아이네이아스의 후손으로 묘사된다. 로마인들은 이러한 계보를 통해 자신들의 기원을 고대 그리스와 트로이 문명에 연결하고자 했다. 로마 건국 신화는 로마인들이 자국 문명의 정통성과 우월성을 주장하기 위해 만들어 낸 이야기로, 일종의 로마판 용비어천가였던 셈이다. 결과적으로 엘리미족과 로마인은 신화 속에서나마 뿌리를 공유하는 '트로이의 자손'으로 묶이게 되었다. 다만 이는 전설일 뿐, 고고학적으로 입증된 사실은 아니다.

둘째, 도리스식 신전은 누구에게 헌정되었는지 알려지지 않은 '익명의 신전'이었다. 다른 고대 그리스의 신전들처럼 신을 모시는 내부 공간인 셀라가 보이지 않았고, 신상도 없었다. 엘리미족은 고대 그리스 문명을 적극적으로 받아들여 도리스식 신전을 지었지만, 정작 신은 믿지 않았던 걸까? 혹은 아름다운 신전 양식을 본떠 다른 용도로 사용하려 했던 것은 아닐까? 하지만 이를 입증할 명확한 증거나 뒷받침되는 사실이 없으니 모든 것은 추측에 불과했다.

셋째, 도리스식 신전은 미완성 신전이었다. 고대 그리스인은 엘리미족을 적으로 인식했고, 세게스타의 부상을 견제하기 위해 여러 차례 침략했다. 세게스타와 인근의 그리스 식민 도시 셀리눈테*Selinunte*는 오랜 세월 서로 대립했다. 신전이 완공되지 못한 이유 역시 두 도시 간의 전쟁과 정치적 혼란 때문이라고 추정된다.

기원전 415년, 셀리눈테의 침공을 받은 세게스타는 아테네에 지원을 요청했고, 아테네는 이를 계기로 시칠리아 원정을 감행했다. 이에 셀리눈테는 강력한 동맹국인 시라쿠사에 도움을 청했고, 시라쿠사는 스파르타의 지원을 받아 아테네에 맞섰다. 이로써 전쟁은 시칠리아 전역으로 확산되었고, 결과적으로 아테네는 막대한 병력을 잃고 참패하였다. 세게스타 역시 고립되었으며, 이 원정 실패는 펠로폰네소스 전쟁의 흐름을 스파르타 쪽으로 크게 기울게 하는 계기가 되었다. 부상하는 신흥세력인 아테네를 저지하기 위해 시작된 펠로폰네소스 전쟁은 마침내 스파르타의 승리로 마무리되었다. 기원전 411년, 또 다시 셀리눈테의 침략을 받은 세게스타가 이번에는 카르타고에 도움을 청했다. 카르타고의 개입으로 셀리눈테 역시 포위되어 공격을 당했는데, 결과적으로 양쪽 모두에게 큰 피해를 입혔다. 두 도시국가는 몰락의 길을 걷고 말았다.

펠로폰네소스 전쟁은 결국 그리스 황금 시대의 종말을 가져왔다. 도시국가들은 서로 다른 동맹에 가담해 참전했고, 오랜 전쟁은 모두에게 깊은 상처를 남겼다. 수많은 이가 목숨을 잃었고, 번성했던 도시들은 피폐해졌다. 전쟁이 끝난 뒤에도 아테네의 민주정과 스파르타의 과두정 사이 이념 갈등은 내부 혼란을 부추겼다. 쇠약해진 그리스는 결국 북방

마케도니아의 침략에 제대로 맞서지 못했고, 알렉산드로스 대왕의 시대를 맞았다.

그러나 고대 그리스 문명은 사라지지 않았다. 마케도니아를 통해 계승된 그리스 문화는 이후 헬레니즘이라는 이름으로 지중해 전역에서 꽃을 피웠다. 세게스타는 로마가 등장할 때까지 카르타고의 지배하에 놓였고, 마케도니아에게 정복된 그리스 본토와는 다른 길을 걷게 되었다. 트로이 전쟁부터 이어지는 고난의 역사를 가진 엘리미족의 도시, 세게스타는 흥미로우면서도 미스터리한 곳이었다.

펠로폰네소스 전쟁의 판세를 바꾼 도시. 그리스인이 아닌 이들이 건설한 그리스 신전이 있는 곳. 2,500년 동안 미완성으로 남아 있지만, 본토의 어떤 신전보다도 완벽한 상태로 보존되어 있다. 세게스타의 멈춰버린 시간 속에서 이 신전은 슬픈 역사를 증언하고 있었다. 그 신비로운 흔적은 오늘날에도 여전히 수많은 이의 상상력을 자극한다.

산 정상의 원형극장

도리스식 신전을 둘러본 뒤 바르바로산 정상으로 향했다. 걸어서 30분쯤 거리인데, 1인당 2유로를 내면 셔틀버스를 탈 수 있었다. 가파르고 구불구불한 길인데 먼지를 날리며 달리니 채 10분도 걸리지 않았다.

바람이 많이 부는 바위 언덕 정상에는 아크로폴리스가 있었다. 드센 바람에도 불구하고 정상에 아크로폴리스를 건축한 것은 외적으로부터 방어하기 위해서였다. 아크로폴리스 북쪽 능선에는 약 4,000명을

(45) 바로바로산과 미완성 신전

수용할 수 있는 세게스타의 원형극장*Teatro Greco di Segesta*이 자리하고 있었다. 지금까지 방문한 여느 그리스 원형극장들처럼, 이곳 역시 객석에서 내려다보는 탁 트인 풍광이 압권이었다.

그런데 조금 더 자세히 들여다보니, 세게스타의 원형극장은 그리스와 로마 건축이 교차하는 과도기의 전형적인 예임을 알 수 있었다. 기원전 3세기 말, 헬레니즘 시대에 지어진 이 극장은 그리스 극장의 전통을 이어받아 산비탈을 따라 건축되었지만, 자연 암반 위가 아니라 인공 지지벽으로 객석을 받친 구조를 하고 있었다. 이러한 점에서 세게스타의 극장은 그리스식 계획 위에 로마식 기술이 스며든 건축물이었다. 시간이 흘렀지만 그리스와 로마 문화의 경계와 연속성을 느낄 수 있었다.

원형극장의 객석은 시칠리아 서쪽의 푸른 바다를 마주 보고 있었다. 석양이 질 무렵, 관객들은 아름다운 풍경을 배경으로 연극을 감상했을 것이다. 이 시대에 연극은 단순한 오락이 아니라 신과 인간, 정치와 윤리를 탐구하는 중요한 문화 행사였던 만큼, 극장은 일종의 시민 교육의 장이기도 했다. 고대 극장의 석조 좌석에 앉아 잠시 눈을 감고 있노라니, 공연의 메아리가 먼 하늘 위로 흩어지는 듯한 느낌에 빠졌다.

극장 뒤편으로는 고대 폴리스의 흔적이 남아 있었다. 한때 사원이 있던 이곳은 로마 시대에는 성당으로, 무슬림 지배기에는 모스크로 용도가 바뀌었고, 지금은 폐허만이 남았다. 설명이 없었다면 그냥 지나쳤을 이 자리는, 시대마다 새겨진 종교와 문명의 흔적을 간신히 품고 있었다. 펠로폰네소스 전쟁의 판세를 바꾼 세게스타의 풍경과 유적에는 그리스, 로마, 아랍, 노르만의 흔적이 교차하는 2,500년이 넘는 역사의 굴곡이 각인되어 있었다.

원형극장 너머 하늘이 어느덧 붉게 물들었다. 정상에서 내려가기 위해 셔틀버스 탑승장으로 가니 이미 많은 사람들이 줄을 서 있었다. 오르는 시간은 달랐지만 모두가 노을을 기다린 탓에 결국 해 질 무렵 인파가 한꺼번에 몰린 것이다.

셔틀버스를 기다리면서 산 너머로 지는 해를 보자니 주변 풍경이 장관이었다. 자연이 만들어 낸 조명은 고대 그리스 원형극장에 연극을 관람하러 온 당시 관객들에게도 넋을 빼놓을 만한 광경이었으리라. 환상적인 분위기에 빠져 셔틀버스를 탈 때까지 지루할 틈이 없었다.

(46) 세게스타의 미완성 신전

(47) 세게스타의 원형극장

Chapter 4

역사의 변곡점 앞에서

(48) 빌라 이제아

#15.
빌라 이제아,
시칠리아의 심장
팔레르모

빌라 이제아

시칠리아 북서부는 오랜 세월 동안 수많은 문명이 스쳐 간 관문이었다. 팔레르모를 중심으로 한 이 지역에는 고대 페니키아인, 로마인, 아랍인 그리고 노르만족이 차례로 발자취를 남겼다. 그 결과, 팔레르모에는 비잔틴과 사라센 예술이 공존하며 독창적인 문화가 꽃피었다. 뒤이어 들어온 노르만족은 기존 문화를 지우지 않고 받아들여, 비잔틴과 사라센 양식을 하나의 질서로 엮어냈다. 팔레르모의 독창성은 바로 이 '흡수와 변용'의 역사에서 비롯되었다. 팔레르모는 넓은 길과 구시가지, 바로크 양식의 명소들이 어우러진 도시로 티레니아해*Mar Tirreno*의 아름다운 만을 따라 자리하고 있다. 시칠리아의 심장이라 불리는 이유다.

기원전 8세기, 페니키아인들이 건설한 팔레르모는 이후 그리스와 카르타고, 로마와 비잔틴 제국의 지배를 차례로 거쳤다. 그러나 이 도시가 본격적인 번영의 길로 들어선 것은 831년, 아랍인들에게 정복된 이후였다. 사라센의 지배 아래 팔레르모는 이름을 '발하름*Balarm*'이라 불리게 되었고, 이슬람 군주가 다스리던 시칠리아 토후국의 수도가 되면서 지중해의 문화와 경제 중심지로 성장했다. 이 시기에 팔레르모는 엄청나게 늘어난 부를 바탕으로 많은 모스크, 궁전, 정원 등을 지으면서 찬란한 예술과 건축 문화를 꽃피우게 되었다.

팔레르모에서는 항구에서 가까운 빌라 이제아*Villa Igiea*에 묵기로 했다. 로코 포르테 호텔*Rocco Forte Hotels* 계열인 빌라 이제아는 팔레르모만*Golfo di Palermo*을 내려다보는 위치에 자리하고 있었다. 빌라 이제아를 선택한 이유는, 이곳이 아름다운 풍경을 넘어 시칠리아가 근대로 이행하던 시간을 품고 있는 장소였기 때문이다.

19세기에 지어진 이 건물은 원래 영국의 제독 윌리엄 돔빌 경의 개인 저택이었다. 1899년, 시칠리아에서 가장 영향력 있던 가문 중 하나인 플로리오*Florio* 가문이 사들였다.

당시 유럽은 요양과 휴식의 개념이 조용한 치료에서 사교와 여가를 겸한 라이프스타일로 옮겨가던 시기였고, 플로리오 가문은 이 변화의 흐름을 정확히 읽어냈다. 처음에는 요양원으로 개조할 계획이었으나, 곧 방향을 바꾸어 팔레르모를 찾는 유럽 상류층을 위한 최고급 호텔로 완공하기로 결정했다. 이는 단순한 용도 변경이 아니라, 시칠리아를 근대 유럽의 무대 위로 올리려는 선택이었다.

이 건물은 타오르미나의 그랜드 호텔 티메오처럼 계단식 정원, 바다 전망의 객실, 요새를 연상시키는 고풍스러운 빌라 구조를 갖추고 있었다. 모든 객실은 디자인과 배치가 달라, 같은 모습의 방은 단 하나도 없었다. 특히 연회장인 살롱 바실레*Salon Basile*의 아름다운 아르누보 벽화는, 이곳이 단순한 숙소가 아니라 벨 에포크 시대의 미감과 야망을 무대처럼 펼쳐 보이던 공간이었음을 말해준다.

개장 당시의 유럽은 식민지로부터 가져온 부로 황금기를 누리고 있었다. 호텔은 정계와 재계, 연예계, 왕실 주요 인사들이 즐겨 찾는 곳이 되었고, 1907년에는 에드워드 7세 영국 국왕과 알렉산드라 여왕, 러시아 황후 마리아 페오도로브나 등이 방문했다.

(49) 벨 에포크 스타일의 살롱 바실레 벽화

그러나 전쟁의 그림자가 드리우면서, 이곳의 화려한 시간도 잠시 방향을 바꾸게 된다. 제1차 세계대전 동안 빌라 이제아는 병원으로 사용되었고, 전쟁 이후 시칠리아 은행에 의해 인수되며 다시 호텔로서의 기능을 회복했다.

우리는 호텔에 대한 매니저의 장황한 설명을 듣고 나서야 객실로 올라갈 수 있었다. 레스토랑의 시칠리아식 특선 요리는 일품이라는 말도 마지막으로 덧붙였다. 각자의 방에 짐을 내려놓고 나서 서로의 객실을 구경했는데, 설명대로 구조가 모두 다르고 방마다 개성이 뚜렷해 어느 하나를 고르기 어려울 정도였다.

(50) 바다에서 본 빌라 이제아 전경

샤워를 마친 뒤 레스토랑으로 내려가니 일행이 먼저 야외 테이블에 앉아 있었다. 어둠이 내려앉은 베란다 아래로 조명에 은은히 물든 야자수가 보였다. 그 너머로 새카만 바다가 고요히 펼쳐져 있었다. 하얀 린넨 테이블보 위에 놓인 랜턴의 불빛이 가만히 흔들리며 야경과 어우러지자 더없이 낭만적인 분위기가 완성되었다. 하얀 재킷을 단정하게 입은 종업원이 정중하게 메뉴를 설명했고, 우리는 해산물 요리와 화이트 와인, 카리칸테를 주문했다.

잔잔한 밤바람 아래 별들이 초롱초롱 빛나고 있었다. 주위를 둘러보니 가족 단위로 온 손님은 드물고 대부분 부부나 연인들이었다. 와인잔을 기울이며 다정하게 속삭이거나 눈빛으로 마음을 나누는 무습들이 그 자체로 하나의 풍경을 이루고 있었다. 바람도, 바다도, 별빛도 모두 그들을 위한 무대처럼 느껴졌고, 이곳은 남자가 여자의 마음을 사로잡기에 더할 나위 없이 완벽한 장소처럼 보였다. 팔레르모의 첫날 밤, 우리도 어느새 낭만적인 풍경 속으로 조용히 스며들었다.

근대 건축 스타일에 현대적인 시설을 갖춘 빌라 이제아 호텔은 아름다운 경관과 운치 있는 분위기, 직원들의 친절함이 더해져 최상의 편안함을 안겨 주었다.

(51) 빌라 이제아 테라스 레스토랑

(52) 빌라 이제아에 있는 신전을 연상시키는 구조물과 수영장

#16.
몬테 디 피에타, 두 검사 그리고 카포 시장

팔레르모의 두 검사

다음 날 아침, 카포 시장*Mercato del Capo*으로 향했다. 카포 시장의 기원은 중세의 무슬림인 사라센이 통치했던 9세기로 거슬러 올라가는데, 시칠리아 전통 음식을 시장 좌판에서 맛보는 것이 필수 코스다. 아내와 재래시장에 갈 때마다 시장 음식을 즐겨 먹는 나로서는 무척 기대가 되었다. 카포 시장으로 가는 길, 문득 건물 전체를 가득 채운 거대한 벽화가 눈에 들어왔다. 나란히 그려진 두 남자의 얼굴이 인상적이었다. 가이드가 "조반니 팔코네*Giovanni Falcone*와 파올로 보르셀리노*Paolo Borsellino* 검사입니다. 시칠리아 마피아와 싸운 영웅들이죠." 하고 소개한 뒤 자세하게 설명해 주었다.

두 사람은 1986년부터 1992년까지 이어진 팔레르모 법원의 대형 재판*Maxiprocesso di Palermo*을 이끌며 마피아 보스와 조직원 475명 중 무려 346명에게 유죄 판결을 받아 냈다. 총 2,665년의 징역과 19건의 종신형이 선고된 이 재판은 이탈리아 역사상 가장 크고 상징적인 마피아 소탕 작전 중 하나로 기록되었다. 워낙 유명한 사건이어서 예전에 나도 신문에서 읽은 기억이 어렴풋이 떠올랐다.

하지만 승리는 값비싼 대가를 요구했다. 조반니 팔코네 검사는 팔레르모 외곽에서 벌어진 차량 폭탄 테러로 경찰 경호원 5명과 함께 목숨을 잃었고, 그로부터 두 달도 채 되지 않아 파올로 보르셀리노 검사역시 또 다른 폭탄 테러로 세상을 떠났다. 두 사람 모두 마피아에 맞선 정의의 상징이자 잔혹한 보복의 희생자가 되었다. 그들의 죽음은 이탈리아 국민들에게 깊은 충격과 슬픔을 안겼고, 이후 전국적으로 대대적인 마피아 소탕 작전의 계기가 되기도 했다. 시민들은 그들의 헌신을 잊지 않기 위해서 팔레르모 곳곳에 벽화를 그려 넣었다.

버스에서 내려 잠시 벽화가 새겨진 건물 앞에 섰다. 따사로운 햇살 아래 온화한 미소를 머금은 두 사람의 얼굴을 바라보자 시칠리아에 대해 막연히 가졌던 부정적 선입견이 부끄러웠다. 그들은 철인처럼 싸웠지만 마지막까지 인간적인 온기를 잃지 않았던 진짜 의인이었다고 했다.

카포 시장

카포 시장은 팔레르모 시내의 몬테 디 피에타*Monte di Pietà* 지역에 위치했다. 생선, 육류, 채소를 비롯한 신선한 식재료들과 수제품, 옷과 가방 등 다양한 물건들을 판매하는데, 전체적으로 분위기가 매우 활기 찼다. 손님과 가게 주인 사이의 흥정을 지켜보는 것도 흥미로웠다. 큰소리로 호객하는 어물전 주인은 눈부신 금발에 푸른 눈동자를 가졌다. 아그리젠토에서 만난 가이드처럼 노르만의 후예인 듯 보였다. 카포 시장은 전반적으로 우리나라의 전통 시장과 비슷했는데, 다른 점을 꼽으라면 우리나라에선 드문 다양한 종류의 허브들과 향신료를 판매한다는 것 정도였다. 요리에 필요한 재료라면 여기서 다 만날 수 있을 것 같았다.

카포 시장에서는 다양한 종류의 길거리 음식을 맛볼 수 있었다. 시장 좌판에는 팔레르모 전통 음식들이 즐비했다. 특히 병아리콩 튀김인 파넬레를 곁들인 팔레르모의 전통 샌드위치 파네 에 파넬레*Pane e panelle*

는 이곳의 명물이라고 했다.

　우리도 파넬레, 튀긴 멸치, 오징어 튀김 그리고 바삭하게 튀긴 홍합을 골라 가판대 옆에 놓인 긴 벤치에 앉았다. 기름 냄새가 밴 허름한 자리였지만, 그런 투박함마저 여행지에서는 정겹게만 느껴졌다. 우리나라 전통 시장에서 먹던 빈대떡이나 튀김을 떠올리며 한입 베어 문 순간, 이국적인 향과 낯선 풍경이 친숙한 맛 위로 포개졌다.

　좌판 주인은 시칠리아 전통 와인인 마르살라와 함께 먹으면 더 좋다고 권했다. 하지만 우리는 이미 와이너리 투어 때 마르살라 와인의 높은 도수를 체험한 터였다. 오전부터 주정 강화 와인을 마시자니 부담스러워서 가볍게 맥주 한 병을 시켰다.

　옆자리에는 30대 중반쯤 되어 보이는 동양인 여자가 혼자 앉아서 음식을 먹고 있었다. 살짝 나눈 눈인사는 자연스럽게 대화로 이어졌다. 대만에서 혼자 여행을 왔다는 그녀는 '혼자 먹는 것도 익숙하지만, 낯선 사람들과 나누는 이런 시간들이 모여 또 다른 추억이 된다.'고 말했다. 서로의 여행을 응원하며 짧은 인사를 나눈 뒤, 우리는 다음 행선지로 향했다. 카포 시장을 벗어나자 시끌벅적한 시장 소리와 튀김 냄새, 사람들의 웃음소리가 뒤에서 점점 작아졌다. 왠지 모르게 따뜻하고 다정한 기운이 우리를 따라왔다.

(53) 두 검사
(Photo courtesy of Rick Steves' Europe)

ROSK
LOSTE

#17.
마시모 극장,
팔레르모의
자존심

콰트로 칸티와 부끄러움의 분수

골목마다 비잔틴과 아랍, 노르만과 스페인이 남긴 시간의 층들이 쌓여 있었다. 화려한 성당과 분주한 시장, 거친 삶과 깊은 온기가 한데 섞인 도시. 질서보다는 생동감, 규칙보다는 본능이 먼저 숨 쉬는 도시. 팔레르모를 걷는다는 건 수천 년의 역사를 맨살로 느끼는 일이었다.

주요 도로인 비토리오 에마누엘레 거리*Via Vittorio Emanuele*와 마퀘다 거리*Via Maqueda*가 교차하는 교차로에 팔레르모의 중심지인 콰트로 칸티*Quattro Canti*가 있었다. 공식 이름은 빌리에나 광장*Piazza Vigliena*으로, 교차로의 네 모서리에는 아름다운 바로크 양식인 반원형 파사드 건물들이 위치해 있었다. 네 개의 건물은 모두 4층으로, 각 층은 저마다 상징적인 의미를 담고 있었다. 1층에는 사계를 의인화한 여신 조각상과 함께 분수가 설치되어 있었고, 2층에는 시칠리아를 지배했던 스페인 국왕들의 동상이 세워져 있었다. 그리고 3층에는 팔레르모의 수호성인인 크리스티나, 닌파, 올리비아, 아가타의 조각상이 각각의 벽면에 배치되어, 이 도시가 지켜온 역사와 신앙의 흔적을 상징적으로 보여 줬다.

콰트로 칸티에서 가까운 프레토리아 광장*Piazza Pretoria*에는 프레토리아 분수*Fontana Pretoria*가 있다. 1554년경 르네상스 시기에 조각가 프란체스코 카밀리아니*Francesco Camilliani*가 디자인한 이 분수는 하피, 세이렌, 트리톤 등 신화 속의 존재들, 신화 속 12신들 등을 묘사한 50여 개의 조각상으로 이루어져 있다. 원래는 돈 페드로 알바레즈*Don Pedro Alvarez* 총독이 소유한 토스카나 빌라의 정원에 놓을 용도로 제작되었지만, 멀리 시칠리아의 팔레르모에 설치되었다고 했다.

'부끄러움의 분수*Fontana della Vergogna*'라는 별명으로 더 유명한데, 이 배경에는 흥미로운 이야기가 전해진다. 당시 팔레르모시 당국은 공공사업의 일환으로 프레토리아 광장에 노출이 과한 조각상 분수대를 설치했다. 너무 선정적이라는 이유로 분노한 시민들은 이 분수대에 '부끄러움의 샘'이라는 별명을 붙였다. 지금도 관광 안내서, 현지 가이드 등에서는 정식 명칭과 이 별명을 거의 관용적으로 병기해서 쓴다고 한다. 시 당국의 본래 의도는 정확히 알려지지 않았지만, 그 악명에도 불구하고 이 분수는 현재 팔레르모의 가장 상징적인 랜드마크가 되었다. 결국은 공공사업으로서도 성공한 셈이었다.

바로 옆 테아티니의 산 주세페 성당*Chiesa di San Giuseppe dei Teatini*의 화려한 돔과 주변의 건물들은 이 분수대의 아름다움을 한층 더해 주었다. 가끔 분수를 보호하기 위해 설치된 철장문이 열리면 방문객들이 조각들을 가까이서 감상할 수 있다고 했다. 하지만 우리가 방문했을 때는 아쉽게도 철창문이 굳게 닫혀 있었다.

마시모 오페라 극장

다음은 원래 마시모 오페라 극장*Teatro Massimo*에 들를 예정이었지만, 늦어지면 오늘 일정의 마지막 코스인 몬레알레 대성당*Cattedrale di Monreale*의 입장 마감 시간을 놓칠 수 있어 아쉽게도 건너뛰어야 했다. 대신 가이드는 버스가 극장 앞을 지날 때 자세한 설명을 해 주겠다고 했다. 지도로 보면 그리 멀지 않은 거리였지만, 실제 도로 사정은 달랐다. 차선은 빽빽하게 막혀 있었고, 경적 소리와 오토바이 엔진음이 도로 위를 가득 메웠다. 오토바이 운전자들은 신호와 차선을 아슬아슬하게 가르며 곡예에 가까운 주행을 했고, 택시와 승용차는 규칙보다는 눈치로 움직였다. 창밖으로는 시장에서 흘러나온 상인들의 목소리와 도로변 카페에서 흘러나오는 음악이 뒤섞여 시끌벅적한 도시의 숨결을 전했다. 서행과 정지를 수없이 반복한 끝에 드디어 마시모 오페라 극장이 보이기 시작했다. 팔레르모 도심 특유의 교통 체증 덕분에 우리는 차창 너머로 극장의 외관을 오랫동안 바라보며 가이드의 설명을 들을 수 있었다.

이탈리아 최대 규모의 오페라 극장이자 유럽에서 세 번째로 큰 규모를 자랑하는 이 건물은 신고전주의 양식의 장엄한 외관과 거대한

(54) 마시모 극장 전경

돔, 로마 신전을 닮은 기둥과 광장으로 향하는 웅장한 계단까지 압도적인 존재감을 뿜어냈다. 차창 너머로 보았지만, 마치 도시의 심장부에 놓인 거대한 문화의 신전처럼 느껴졌다. 가이드는 "이 극장이 완공된 1897년 당시 팔레르모는 지중해 문화의 중심지로 떠올랐고, 귀족과 부르주아, 예술가들이 모여들던 상징적 공간이었다."고 설명해 주었다. 극장의 내부는 음향과 장식이 뛰어나 '팔레르모의 자부심이자 영혼'으로 불린다고 했다. 또 영화『대부 III』의 마지막 장면이 촬영된 곳으로도 유명하다고 가이드는 덧붙였는데, 나는 이미 클라이맥스 장면 속의 이 극장을 잘 알고 있었다. 지금도 그때 느낀 감동을 잊을 수 없다.

　　팔레르모 마시모 극장 무대에서 마이클의 아들 앤서니가 「카발레리아 루스티카나」의 마지막 아리아를 부르고 있고, 마이클의 가족은 객석에서 이를 지켜보고 있었다. 햇빛이 성당의 제단을 비추는 순간, 교황청과 팔레르모 시내 곳곳에서 조카 빈센트의 지시에 따라 복수가 동시에 조용히 실행된다. 오페라의 격정적인 선율과 함께 무대 위 열창 장면과 성당 안 암살자들의 침묵이 교차 편집되며 긴장감은 점점 고조된다. 극도로 절제된 복수 장면에는 대사 하나 없이 인터메초가 배경으로 흘렀다. 무대 위의 예술은 사랑과 구원을 노래했고, 무대 아래의 현실은 침묵 속에서 파멸을 연주하고 있었다.

　　공연이 끝난 뒤 가족들이 마시모 극장 계단으로 나서는 순간 마지막 복수 대상이 쓰러지고, 이어 딸 메리가 마이클을 겨눈 총탄에 맞아 쓰러졌다. "Dad?"라는 마지막 한마디를 남긴 메리를 껴안은 마이클은 말 없는 절규 속에 무너졌다. 복수는 성공했지만 가장 소중한 것을 잃은 그는, 오페라 선율 위에 흐르는 침묵과 비극 속에 홀로 남았다. 메리가 오페라 극장 앞 계단에서 총격으로 피살되는 순간부터 인터메초의 선율은 다시 흐르고 영화가 끝날 때까지 이어진다. 그 순간 흐르는 인터메초는 더 이상 비극을 고조시키지 않는다. 이번엔 복수가 아닌 상실과 회한, 죽음과 침묵을 담아낸다. 장례미사처럼 엄숙하고 명상적인 음악은 결국 가족을 지키려다 모든 것을 잃은 한 남자를 위한 진혼곡처럼 조용히 끝을 맺는다. 들고 있던 과일이 바닥으로 떨어지고, 마이클도 말 없이 옆으로 쓰러진다. 죽음 앞에서 모든 것을 내려놓는 순간처럼, 이 엔딩 장면은 마치 그의 영후의 종착지처럼 느껴진다.

"알 파치노가 연기한 마이클이 총격을 받고 쓰러진 딸을 껴안으며 절규하던 장면이 바로 저 계단이에요."라고 가이드는 설명했다. 버스 창문 너머로 보이는 계단은 실제로 영화 속 화면과 겹쳐지며, 도시와 영화가 한순간 하나의 무대로 겹쳐지는 듯했다.

마시모 극장은 팔레르모의 화려한 시장과 골목 그리고 장엄한 성당들 사이에서 또 다른 리듬과 에너지를 만들어 내는 문화의 심장처럼 느껴졌다. 버스 안에 앉은 채 외관만 스쳐 지나갔지만, 이 도시의 예술적 열망을 느낄 수 있었으며, 극장 앞 계단을 오르내리는 사람들의 모습은 작은 오페라 장면처럼 보였다.

(55) 콰트로 칸티

(56) 부끄러움의 샘

(57) 마시모 오페라 극장 내부

#18.
팔레르모와 몬레알레, 역사의 변곡점에 선 두 성당

팔레르모 대성당

마시모 극장을 지나 팔레르모 대성당*Cattedrale di Palermo*으로 향하는 버스 창밖으로 오래된 골목과 바다 빛을 닮은 하늘이 스쳐 지나가며, 돌담 사이사이로 오렌지나무가 반짝인다. 700미터 남짓 되는 짧은 거리였지만 혼잡한 도로 사정 탓에 대성당까지 10분이 넘게 걸렸다. 몬레알레 대성당에 시간 내 도착하기 위해 마시모 극장을 건너 뛸 수밖에 없겠다던 말이 이해가 갔다.

팔레르모 대성당은 원래 고대 기독교 예배당이 있었던 자리였으나, 9세기 아랍 지배 시기에는 무슬림 모스크로 개조되었다. 이후 1185년, 노르만계 팔레르모 대주교 괄티에로 오파밀리오*Gualtiero Offamilio*가 기존 건물을 철거하고 새로운 대성당 건축을 시작했다.

성당 내부에는 높은 창으로 스며든 빛이 바닥 위에 길게 내려앉아 조용한 그림자를 만들고 있었다. 이러한 구조가 만들어 내는 전체적인 분위기는 화려함보다는 근엄함과 엄숙함을 의도한 듯하다. 벽을 따라 이어진 노르만 고딕 양식의 기둥과 아치 사이에는 아랍·무어풍 장식이 남아 있어, 한때 이곳이 모스크였음을 말해 준다. 천장에 더해진 바로크와 신고전주의 요소는 화려함과 절제가 겹쳐진 모습으로, 근대를 거치며 이어진 개축의 흔적을 드러낸다. 금빛 제단과 주위의 화려한 장식 또한, 오파밀리오 주교가 추구했던 엄숙함과 달리 마치 르네상스 이후 인본주의와 타협한 것같은 모습이었다. 서로 다른 시대의 흔적이 겹쳐진 이 성당은, 말없이 도시의 긴 역사를 품은 채 서 있다.

(58) 팔레르모 대성당 내부

　대성당 깊숙한 회랑 끝에는 신성로마제국 황제 프리드리히 2세의 무덤이 자리했다. 장식 하나 없이 묵직한 붉은 포르피리*Porphyry* 대리석 석관은 황제의 위엄을 말없이 대변하듯 조용히 그 자리를 지켰다. 비록 양식은 통일되지 않았지만 노르만, 아랍·무어, 고딕, 바로크, 신고전주의까지 서로 다른 시대와 문화의 양식들이 한 공간 안에서 긴장감 없이 자연스럽게 조화를 이루었다.

　우리나라의 건축물은 대부분 목조건물로, 고려시대 이전에 지어진 것은 거의 남아 있지 않다. 이후 시대에 지어진 건물들도 분명한 구조적·미학적 진화가 존재하지만, 유럽의 건축 양식처럼 파격적인 변화를 보여 주지는 않는다. 이는 교황권과 왕권의 갈등, 르네상스와 종교개혁, 산업혁명 등 끊임없이 충돌하고 타협하며 권력의 중심이 이동해 온 유럽의 역사와 달리, 한국은 상대적으로 안정된 유교적 질서와 불교 중심의 종교 문화가 오랜 기간 유지되었기 때문이 아닐까.

몬레알레 대성당

　이번 여행의 마지막 행선지인 몬레알레*Monreale*로 가기 위해 버스에 올랐다. 몬레알레는 팔레르모 시내에서 내륙 쪽으로 약 7킬로미터 떨어진 언덕인 몬테 카푸토*Monte Caputo* 가운데에 자리잡고 있다. 버스에서 내려 언덕 아래를 내려다보니 팔레르모 시내 너머 티레니아해까지 확 트인 전망이 펼쳐졌다. 언덕의 완만한 경사면을 따라 걷다 보면 집들 사이로 빼곡하게 자란 오렌지나무와 올리브나무, 아몬드나무들이 눈에 들어

(59) 몬레알레 대성당 내부

왔다. 언덕길 아래쪽에서 올려다보면 마을 위로 대성당이 우뚝 서 있다. 그리고 아래로는 계단식 밭과 과수원이 차분하게 이어진다.

몬레알레 대성당은 정면을 지키는 쌍탑과 압도적인 내부 장식이 시선을 사로잡는다. 시칠리아에 유네스코 세계문화유산이 많다는 말은 새삼스러울 정도지만, 이곳은 그중에서도 반열에 올라 있는 건축 미학적 정수였다. 산타 마리아 누오바 대성당*Cattedrale di Santa Maria Nuova di Monreale* 또는 몬레알레 두오모*Duomo di Monreale*로도 불리는 몬레알레 대성당은 현재까지 남아 있는 노르만 건축의 최고 걸작으로 꼽혔다.

1174년, 시칠리아의 왕 윌리엄 2세의 명으로 착공되어 수도원과 함께 13세기 중반에 완공된 몬레알레 대성당은 이후 고딕, 르네상스, 바로크 양식이 덧입혀지며 시대의 흔적을 차곡차곡 쌓아왔다. 전설에 따르면 윌리엄 2세가 몬레알레 숲에서 사냥하다 잠이 든 순간, 성모 마리아가 꿈에 나타나 이곳에 성당을 세우라고 계시했다고 했다. 캐롭나무*Carob Tree* 아래 감춰져 있던 보물이 실제로 발견되었고, 대성당 건축의 재원이 되었다.

길이 102미터, 높이 35미터에 달하는 대성당은 규모만큼이나 장식의 정교함과 화려함이 압도적이었다. 코린트식 기둥 위에 르네상스풍 아치가 펼쳐진 현관, 내부를 빼곡히 채운 황금빛 비잔틴 모자이크는 그야말로 눈부셨다. 천사와 성인, 성경의 장면이 벽과 천장을 따라 끝없이 이어졌고, 그 사이로 빛이 흘러내렸다.

수도원과 대주교 궁전, 열두 개의 탑과 회랑이 조화를 이루는 전경은 종교와 권력이 남긴 시대의 흔적이 고스란히 담긴 풍경처럼 느껴졌다. 유럽의 많은 성당을 가봤지만 이토록 찬란한 공간은 좀처럼 떠오르지 않았다.

웅장함과 엄숙함으로 분위기를 압도하는 팔레르모 대성당 그리고 화려함의 극치를 보여주는 몬레알레 대성당. 비슷한 시기에 건축된 두 성당의 모습이 왜 이처럼 극명하게 다를까? 이를 이해하려면 당시의 역사적 배경을 들여다볼 필요가 있다.

두 성당이 경쟁하듯 지어진 때는 십자군 전쟁의 실패로 교황청의 절대적 권위에 미세한 균열이 생기기 시작하던 시기였다. 윌리엄 2세는 미묘한 권력의 균형을 누구보다 잘 읽고 있었다. 신앙은 여전히 경외의 대상이었지만, 왕들은 더 이상 교황에 맹목적으로 복종하지 않았다. 윌리엄 2세는 교황의 승인을 받아내면서도 팔레르모 대주교의 영향력을 견제하기 위해 수도원을 독자적으로 설립했다.

몬레알레 대성당은 그렇게 왕권이 교황권에 맞서 세운 상징이었다. 반면 팔레르모 대성당은 세속 권력의 도전에 맞서 성당 스스로의 권위를 지키려는 의지가 반영된 공간이었다. 두 성당은 정치와 신앙이 정교하게 맞물려 탄생한, 시대의 응답이자 하나의 건축적 상징이었다.

십자군 전쟁 초기에는 교황권이 왕권을 압도했지만, 패배가 거듭되면서 흐름은 반전되었다. 11세기 말 신성로마제국 황제가 교황 앞에서 무릎 꿇고 사죄했던 '카놋사의 굴욕' 그리고 교황청이 프랑스 왕실에 의해 아비뇽으로 옮겨간 14세기 '아비뇽 유수'는 절대 권위를 지녔던 교황권이 점차 세속 권력의 영향 아래 놓이게 되는 유럽 정치사의 흐름을 상징적으로 보여 주는 양 끝점에 서 있다.

두 성당은 200여 년간 벌어진 십자군 전쟁의 딱 중간 지점인 12세기 후반에 지어졌다. 서서히 힘을 잃어 가던 교황권과 새롭게 부상하던 세속 권력인 왕권이 팽팽하게 균형을 이루던 시기였다. 신이 먼저냐, 인간이 먼저냐. 끊임없이 대립하며 타협해 온 유럽의 역사가 성당의 구조와 장식 그리고 권력의 배치 안에서도 고스란히 드러나고 있었다.

(60) 팔레르모 대성당 외관

(61) 몬레알레 대성당 외관

Epilogue

Epilogue

인생 최고의 순간은
아직 오지 않았다

사람들은 종종 내게 묻곤 한다.

"이미 다 가보셨으니, 은퇴하고 여행 갈 곳이 없겠네요?"

하지만 이런 질문은 정작 나에게 공허하게만 들렸다.

미국 대기업 글로벌 임원이자 국내 비즈니스 합작 파트너로서 30년 가까이 근무하며 안 가본 나라가 없다. 그러나 회의와 협상, 보고로 가득한 출장길이었을 뿐, '진짜 여행'을 한 적은 거의 없다.

한 번은 전 세계에서 모인 각국 임원들과 함께 시카고 오헤어 공항 내 호텔에서 사흘간 회의에 참석했다. 시내는 커녕 시카고 공기조차 제대루 느끼지 못한 채, 회의가 끝나자마자 곧바로 귀국길에 올랐다. 이렇듯 출장으로 방문한 도시는 사무실과 호텔 그리고 공항으로 기억될 뿐이었다.

나는 '길 위에서 자신과 세상을 새롭게 만나는 것'이 여행이라고 생각하는데, 출장은 이와는 닿아 있지 않다. 같은 비행기, 같은 호텔을 이용하더라도, 출장과 여행 경험이 주는 공기의 밀도와 감정의 결은 전혀 다르다. 출장에서 도시의 숨결을 느끼고 문화를 탐험하는 여유는 좀처럼 즐길 수 없었다.

아직 은퇴를 한 것은 아니지만 예전보다 시간의 여유가 생기자 오랫동안 마음속에만 간직해 두었던 '진짜 여행'을 떠나고 싶어졌다. 그때, 마침 반가운 연락이 왔다. 10여 년 전부터 뜻이 맞아 가끔 만나는 세 부부가 있다. 그들이 추석 다음 날 함께 여행을 떠나자고 제안한 것이었다. 그중 한 명이 시칠리아를 추천했고, 나 역시 아직 가 보지 못한 곳이었기에 기꺼이 동의했다. 그렇게 '진짜 여행'의 첫 행선지는 시칠리아로 정해졌다.

그동안 복잡한 비즈니스 세계를 오가며 효율과 성과를 좇아온 나에게 시칠리아는, 그 모든 기준을 잠시 내려놓고 머물 수 있는 여행지였다. 시칠리아의 매력을 한마디로 설명하기란 쉽지 않다. 풍부한 역사와 인문에 대한 스토리텔링을 가지고 있고, 아름다운 자연을 간직한 천상의 휴양지이며, 영화와 와인의 섬이기도 하다. 장소마다, 순간마다 서로 다른 감동이 있어, 계획이나 기대보다는 섬이 내어주는 흐름에 자연스럽게 몸을 맡기게 된다.

내가 다녀온 뒤 시칠리아를 여행한 한 후배는 영화 『시네마 천국』의 배경지인 팔라초 아드리아노*Palazzo Adriano*가 가장 인상 깊었다고 했다. 영화 속 풍경 그대로의 마을과 주민들의 일상에 시간이 멈춘 듯한 느낌을 받았다고 했다.

해안을 중심으로 짜인 일정 탓에 내륙 깊숙한 『대부』의 실제 배경지 콜레오네 마을과 엔니오 모리코네의 OST가 애잔하게 흐르던 영화의 무대를 직접 찾지 못한 것이 아쉬웠다. 그러나 괜찮다. 여행은 한 번에 모든 것을 다 보는 게 아니라, 언젠가 다시 돌아올 여지를 남기며 스스로를 더 깊이 돌아보게 하는 것이기 때문이다.

이처럼 시칠리아는 각기 다른 개인에게 저마다의 감동을 준다. 어느 순간이 잊지 못할 추억으로 남았는지는 모두 다 다르다.

어떤 이는 타오르미나를, 어떤 이는 사보카를, 또 다른 이는 시라쿠사 대성당이나 베르두라 리조트를 마음속에 간직한다. 하지만 어느 곳 하나 덜 빛나는 곳은 없다. 마치 모든 배우가 각자의 순간에 빛을 발하는 영화처럼, 시칠리아는 장소와 시간이 모두 주연이 된다. 그래서 이번 여행은 내게 가장 특별했고, 예상치 못한 감동을 안겨 주었다. 기대하지 않았던 행운이자 마법 같은 경험이었다.

섬 곳곳에 흩어진 유적들을 둘러보는 것도 경이로웠지만, 그 속에서 살아가는 사람들의 소박한 모습과 느릿한 속도를 바라보며 나는 오래 잊고 있던 삶의 리듬과 숨결을 되찾을 수 있었다. 또한, 그곳의 풍경은 낯설면서도 묘하게 익숙해서 어린 시절 우리의 모습을 떠올리게 했다. 바닷바람이 스치는 해안가에 앉아 여유롭게 이야기를 나누는 사람들, 커다란 목소리로 물건을 흥정하는 시장 상인들, 골목길을 가볍게 스쳐 지나가는 오토바이 소리와 그 사이를 뛰노는 아이들의 맑은 웃음소리까지. 이 모든 것이 시칠리아의 바람결에 섞여 지금까지도 내 안에서 선명하게 울린다.

시칠리아는 효율보다 여백, 속도보다 깊이를 가르쳐 주었다. 마지막 날, 나는 이 섬이 유럽의 과거를 간직한 박물관이 아니라 미래를 비추는 거울이었음을 깨달았다. 겹겹이 쌓인 역사는 현재의 풍경 속에 살아 숨 쉬며 미래를 예견한다. 나 역시 과거에 쌓아 온 시간으로 현재를 바라보며 미래를 그릴 것이다.

삶은 끊임없이 변화하고, 우리는 그 흐름 속에서 스스로의 방향을 찾아야 한다. 이번 시칠리아에서의 경험은 단순히 아름다운 장소를 방문하는 것을 넘어, 내가 걸어온 삶을 마주하고 앞으로의 방향을 돌아보는 계기가 되었다. 이 책은 그런 나의 여정을 기록한 것이다. 단순한 여행기가 아니라 비즈니스 세계에서 치열하게 살아온 한 사람이 여유가 주어지자 다시 발견한 삶의 새로운 면모와 깨달음에 대한 이야기다. 이 책을 읽는 독자 여러분도 나와 함께 시칠리아의 시간 속으로 들어가, 각자의 삶과 여행을 재발견할 수 있기를 바란다.

93세까지 왕성하게 활동했던 전설적인 여성 사진작가가 있다. 20세기 사진 예술의 선구자 중 한 명인 이모젠 커닝햄*Imogen Cunningham*이다. 한 기자가 그녀에게 평생 찍은 사진 중 최고의 명작은 무엇이냐고 질문했을 때, 창밖을 바라보고 미소지으며 이렇게 대답했다고 한다.

"아마 내일 찍게 될 작품이겠죠."

어쩌면 우리 삶의 '최고의 순간'도 아직 오지 않았는지 모른다. 그래서 우리는 오늘의 삶 속에서, 다가올 더 좋은 날들을 기대하며 살아간다. 이 책을 읽은 누군가의 인생 여행 목록 속에서, 시칠리아가 아직 오지 않은 최고의 순간으로 남기를 바란다.

유럽의 고향, 시칠리아

2026년 03월 03일 초판 1쇄 발행
ISBN: 979-11-985877-3-2(03840)
가 격: 19,800원

지은이 : 이병승
디자인 : 차영지
감　수 : 조항준
도　움 : 이탈리아 관광청 ENIT, Rick Steves' Europe
발행처 : 내로라 출판사

업장주소 : 서울시 마포구 신촌로2길 19, #303
출판등록 : 2019년 03월 06일 [제2019-000026호]
전자우편 : Naeroras@naver.com
인스타그램 아이디: Naerorabooks